KB269113

 아테네로 가는 길

아테네로 가는 길

한태규

민음사

저자의 말

　외교관으로 외국에 부임할 때는 그 나라에 대한 역사와 문화에 대해 어느 정도 사전 지식을 갖고 떠난다. 우리나라에는 그리스 신화를 비롯하여 그리스 역사나 문화가 비교적 잘 소개되어 있어서 필요한 자료를 구하는 데에는 어려움이 없었다. 고대 문화에 별다른 흥미를 갖지 않았던 나로서는 업무상 필요한 약간의 지식으로 만족하는 정도였다. 그런데 그리스에 부임한 이후 고대 그리스 문명에 특별한 매력을 느끼기 시작했다. 역사적인 유적지를 둘러보거나 그리스 친구들과 나눈 이야기들을 통해 고대 그리스 문명에 대해 피상적인 수준을 넘어서 조금씩 윤곽을 잡기 시작한 것이다. 또 그리스를 방문하는 한국 손님들에게 그리스에 대해 설명할 기회가 많았다. 처음에는 여기저기서 얻어들은 잡다한 상식을 두서없이 설명해 주는 정도였는데도 매우 흥미를 갖고 듣는 분들이 많았다. 그만큼 고대 그리스 문명에는 우리의 관심을 끄는 힘이 있었다. 그래도 고대 문명에 대해 문외한이었던 내가 그리스에 관한 책을 쓰게 될 것이라고는 상상도 못했다.

언제부터인가 나는 서점에 들려 고대 그리스 문명에 관한 책을 찾아 읽기 시작했다. 결국 이렇게 책까지 내게 된 데에는 서울대학교의 김인준 교수와 조동성 교수의 격려와 도움이 있었다. 지난여름 그리스를 방문한 여동생들의 성원도 있었다. 주변의 격려에 힘입어 시작한 글들이 모여 한 권의 책이 된 것이다. 기꺼이 출판을 맡아 주신 민음사의 박맹호 사장님을 비롯하여 편집부 직원들에게 감사한다.

책에 수록된 사진 중에는 그리스 문화부 산하 〈고대문화재관리 공사Archaeological Receipts Fund〉에서 제공한 사진이 상당수 포함되어 있다. 이 귀중한 사진을 출판할 수 있도록 허용해 준 사바라노스 사장과 자피로폴로 국장에게 감사한다. 무엇보다도 각종 자료와 원고를 정리해 주고 인내심을 갖고 지켜보면서 끝까지 격려해 준 아내에 대한 고마운 마음을 밝혀두고 싶다.

독자들이 현대 문명의 뿌리라고 하는 고대 그리스 문화를 좀 더 이해하고 한국과 그리스 간의 우호와 협력을 증진하는 데에 조금이나마 도움이 된다면 보람이 될 것이다.

2004년 봄

한태규

차례

들어가는 말

외국어 공부에 대해 이야기하다가 한 그리스 친구가 농담 반 진담 반으로 한 말이 생각난다. 그리스 사람들이 미국에 가서 초급이나 중급 영어 시험을 보면 점수가 나쁜데 고급 영어 시험을 보면 대부분 만점을 받는다고 했다. 왜냐하면 고급 영어는 대부분 그리스어에 뿌리를 두고 있기 때문이라는 것이었다. 반은 농담이고 반은 자랑삼아 하는 이야기다.

어디 영어뿐이겠는가? 대부분의 서양 언어가 비슷한 상황일 것이다. 그만큼 오늘날 서양 문명의 발전에 있어서 고대 그리스 문명의 영향이 컸다는 말이다. 언어는 먼저 사용하기 시작한 사람들의 용어가 전파되기 마련이다. 대부분의 학문이 고대 그리스에서 시작되었으니 그만큼 그리스어에서 유래한 단어가 많이 사용되고 있는 것이다. 경제학에서는 악화가 양화를 구축한다는 말이 있다. 문화의 세계에서는 높은 수준의 문화가 낮은 수준의 문화를 몰아낸다. 저질 문화가 유입되는 경우도 있으나 그것은 시민 의식 수준에 달린 문제일 것이다. 몽고족이나 만주족이 중국을 정복하고도 결국 중국 문화에 흡수되었다는 것은 우리가 잘 알고 있다. "로마가 그리스를 정복했으나 그리스 문화는 로마를 지배했다."고 로마의 위대한 시인 호라티우스는 당차게 말하지 않았는가!

그래서 문화는 항상 변한다. 고려 시대에는 불교 문화가 융성했으나 조선 시대에는 유교 문화로 바뀌었고 다시 현대에 들어와 기독교와 서양 문화가 거세게 밀어닥쳤다. 그리고 우리는 그 위에 지금의 문화를 이룬 것이다. 높은 수준의 문화는 창조하는 민족의 것이다. 역사의 흐름에 따라 어느 민족이 더 높은 수준의 문화를 창조하느냐에 따라 문화의 흐름도 바뀌기 마련이다. 요즈음 중국이나 베트남 등에서 한국 바람이 분다는 즐거운 소식을 자주 듣는다. 한국 문화의 우수성을 인정받고 있다는 증거다. 그러나 이 한국 문화는 우리의 전통 문화만이 아니라 역시 그 위에 우리가 받아들인 문화와 함께 새로 창조해 낸 최신의 문화인 것이다. 국제적으로 사용되는 우리말 중에는 태권도 용어가 있다. 태권도가 올림픽 종목에 포함되어 널리 보급되고 있기 때문이다. 태권도 선수들 사이에서는 태권도를 창조한 우리 민족의 말이 그대로 사용되고 있는 것이다.

지금 우리가 살고 있는 한국의 문화는 어디에서 왔으며 또 어디로 갈 것인가? 우리 문화의 뿌리가 어디냐고 묻는다면 아마도 대부분이 중국이라고 대답할 것이다. 과연 그럴까? 우리 한민족은 어떤 인종인가? 한민족이 몽고족과 관련이 있다는 것은 잘 알려진 사실이다. 우리가 사용하는 언어는 우랄알타이어로 아시아에서는 몽고, 일본, 그리고 유럽에서는 터키, 헝가리, 핀란드가 이 그룹에 속한다. 우리가 사용하는 문자, 한글은 어디에서 유래하는가? 세종 대왕이 만들었다는 우리의 자랑스러운 한글은 소리글자로 중국의 뜻글자인 한자와는 전혀 다르며 오히려 서양 언어의 알파벳과 같은 부류에 속한다. 우리가 믿고 있는 종교도 살펴보자. 불교는 인도에서, 기독교는 중동에서 시작하여 서양에서 유래된 것이다. 또 지금 우리가 입고 있는 의복, 주택, 음식을 찬찬히 둘러보면 우리 민족이 만들어 낸 고유의 문화가 상당히 존재한다는 것을 발견하게 된다. 아름다운 한복과 불고기, 김치 등 우리의 고유 음식은 이미 세계적으로도 잘 알려져 있다.

한편 우리가 어린 시절부터 받는 교육을 생각해 보자. 수학, 자연과학, 의학, 예술, 체육, 철학과 같은 학문, 정치, 경제, 사회, 문화와 각종 제도, 특히 우리가 그토록 숭상하는 자유와 민주주의는 어디에서 왔을까? 사회적 역할이 재조명되고 있는 노동조합이나 시민 단체, 그리고 우리가 이룩하고자 하는 사회보장 제도는 어디에서 시작되어 어떻게 발전했을까? 하나하나 점검해 나가면 오늘날 우리가 살고 있는 한국의 문화가 어떻게 형성되었는지에 대해 간단하게 대답하기가 쉽지 않다. 상당 부분이 서양 문화에 뿌리를 두고 있기 때문이다.

과거 우리의 역사가 지리적으로 가까운 중국과 가장 많은 관련을 갖고 있었으며 우리 문자가 없었던 시절에 우리의 과거가 대부분 한문으로 기록되어 있다는 점을 무시하려는 것이 아니다. 다만 오늘날 우리의 문화는 100년 전이나 50년 전과는 너무나 다르게 변화해 있으며 이러한 혁명적인 변화의 근저를 생각해 보자는 것이다. 세대 간의 갈등이란 결국 문화의 갈등에서 비롯된다. 나는 머나먼 그리스에서 근무하면서 서양 문화의 뿌리라고 하는 고대 그리스 문명이 우리와도 긴밀히 연결되어 있음을 알게 되었다. 고대 그리스 문화 속에서 일부나마 우리 문화의 뿌리를 찾는다면 지나친 이야기가 될까? 나는 이런 생각을 하면서 고대 그리스 문명에 관심을 갖기 시작했고, 그리스에 살면서 직접 보고 느낀 것을 정리해 보았다.

1부

역사 이야기

역사 이야기

신들의 전쟁

2001년 9월 10일 아침. 로마 공항에서 아테네 행 비행기를 기다리고 있었다. 창 너머로 올림픽 항공기가 보였다. 드디어 올림픽의 발생지 그리스 땅을 밟는구나 하는 감회에 사로잡혔다. 외교관으로서 새로운 임지에 부임할 때마다 흥분된 기대를 갖기 마련이지만 그리스는 좀 색다른 느낌으로 다가왔다.

지중해가 늘 그렇듯 구름 한 점 없는 맑은 날씨였다. 한 시간 반 가량의 짧은 비행이었다. 앞으로 3년 가까이 정 붙이고 살아야 할 그리스의 모습을 멀리 내려다보고 있었다. 착륙 준비를 알리는 안내 방송이 더욱 호기심을 자극했다. 그런데 아테네 땅이 가까이 눈에 들어오자 마음속에 실망감이 일기 시작했다. 거의 사막 같은 대지 위에 우뚝 솟아 있는 산들은 모두 헐벗고 있었다. 늦더위로 아테네는 무척 더웠다. 바람결에 따라 흙먼지가 이리저리 춤추고 있었다. 2004년 아테네 올림픽을 준비한다고 이곳저곳에서 공사가 한창이었다. 마중 나온 직원들이 몇 달 동안 비가 내리지 않는 건기를 지내고 나서 대지가 가장 메말라 있는 계절이라고 설명해 주었으나 그저 위로의 말로 들릴 뿐이었다.

아테네는 온통 돌과 바위뿐이다. 그래서 일찍이 돌 문화가 발전한 모양이다. 다루기 쉽다는 대리석은 너무나 흔해 빠진 것이었다. 나는 이러한 아테네의 자연 환경에 도대체 정감이 가지 않았다. 초록이 무성해야 할 곳에 시멘트 숲 같은 회색빛 바위로 뒤덮여 있고 기후가 건조해서인지 유달리도 강렬한 햇빛이 그대로 반사되어 눈을 제대로 뜨기에도 불편할 지경이었다. 게다가 누가 일부러 파 놓은 듯 갈라진 바위산 모습이나 쟁기를 갈아 바다 속으로 처넣어 버린 듯한 해변, 그리고 무질서하게 흩어져 있는 메마른 섬들은 아무리 보아도 아름다운 자연의 모습이라기보다는 오히려 너무나 인공적인 것 같았다.

고대 그리스인들은 이러한 자연 환경이 우주 탄생 이래 가장 치열했던 신들의 전쟁에서 비롯된 것이라고 믿었다. 머나먼 그 옛날, 제우스가 자신의 아버지 크로노스의 무자비한 지배에 반기를 들고 일어나자 신들은 두 편으로 나뉘어 치열한 전투를 벌였다. 인간의 세계에서는 왕이 죽은 후 자연스럽게 아들이 왕위를 이어 가지만 죽음이 없는 신들의 세계에서는 평화적인 왕위 계승은 불가능했던 것이다.

제우스는 올림포스 산에, 크로노스는 오트리스 산에 각각 자리를 잡았다. 신들은 상상할 수 없는 초인적인 힘을 가지고 있었으니 그야말로 천지가 개벽하는 필사의 싸움이었으리라. 하늘에서는 벼락이 쉬지 않고 폭격해 내려왔고 땅 속에서도 끊임없이 불을 내뿜었다. 낮인지 밤인지 분간할 수가 없었다. 신들은 거대한 돌산을 들어 던지기도 했다. 산과 산이 부딪쳐 산산조각이 났고 산 위에 산이 덮이기도 했다. 바다가 산이 되고 육지가 바다가 되기도 했다. 이러한 전쟁이 9년이나 계속되었다. 10년째가 되어서야 제우스의 승리로 끝이 났다. 제우스는 올림포스 산정 구름 위에 궁전을 짓고 헤라를 아내로 맞고 형제들, 그리고 자식들을 거느리고 세상을 지배하게 되었다. 올림포스 산의 열두 신이 중심이 되어 인간의 운명을 좌우하였다. 천하를 지배하게 된 신 중의 신 제우스는 바람둥이로 알려져 있다. 여신들뿐만 아니라 인간 여인들 사이에서도 많은 자녀를 두었다. 신들은 땅 위에 내려와 인간과 자연스럽게 어울리기도 했다. 고대 그리스인들이 믿었던 신들은 너무나 인간적이다. 고대 신들의 조각은 아름다운 인간의 모습으로 묘사되어 있다.

올림포스 신들의 이야기는 까마득한 옛날부터 구전해 오다가 호메로스, 헤시오도스 같은 시인들에 의해 기원전 8세기경부터 기록되기 시작했다. 그후 문학, 예술, 연극, 철학 등의 소재가 되어 고대 그리스인들의 사고와 생활에 많은 영향을 미쳤을 뿐만 아니라 지금도 전 세계에서 널리 읽히고 있다. 소설 같은 그리스 신화를 읽고 나서 바라보는 그리스의 경관은 색다른 것이었다. 무엇인가 거대한 힘에 의해 무질서하게 파괴된 것 같은 자연, 바로 그것이었다. 신들의 전쟁이 눈앞에 생생하게 그려졌다.

크레타 문명과 에게 해

아테네의 무더운 날씨는 그리 오래가지 않았다. 그리스는 우리나라와 같은 위도에 있기 때문인지 봄과 가을은 한국과 비슷하다. 그러나 비가 내리지 않는 건조한 여름이나 포근한 겨울은 우리나라와 다르다. 이것이 지중해성 기후의 특징이다. 우리는 혹독한 추위의 시베리아에 가까운 반면 그리스는 열사의 사막 지대 중동과 북아프리카에 인접해 있기 때문이다.

지중해의 바닷물은 따뜻하고 햇볕이 좋기 때문에 10월까지도 수영하는 사람들이 많다. 에게 해의 섬들은 햇볕에 굶주린 북유럽 사람들에게는 천혜의 휴양지다. 에게 해는 물이 깨끗하기로도 유명하지만 대체로 파도가 없다. 그래서 유럽이나 북미의 백인들은 은퇴한 후에 기후 좋은 스페인, 프랑스, 이탈리아, 그리스 등 지중해 해변에서 살기를 희망한다.

티라 섬

고대인들이 "가장 아름다운 섬"이라고 찬양한 티라 섬은 에게 해 키클라데스 제도에서 가장 남쪽에 있다. 티라에서 기원전 1500년경에 화산이 폭발하여 섬의 모든 생물이 죽었다. 그리고 남쪽으로 125킬로미터나 떨어진 크레타 섬을 덮쳤는데 이때 크노소스 궁전을 비롯한 미노아 문명이 거의 다 파괴되었다. 사진은 티라 섬의 중심지다. 석회 도료를 바른 건물에 화사한 햇살이 부딪치고 있다.

우리가 외국인을 만나면 우리나라에 대한 인상을 물어보듯이 그리스 사람들도 나에게 그리스에 대한 인상을 묻곤 한다. 물론 나는 그리스를 좋아하고 특히 고대 문명의 발상지에 온 것을 기쁘게 생각한다고 대답하는데, 그럴 때마다 이들은 폐허의 유적지만 보아서는 그리스를 제대로 알 수 없다면서 한결같이 섬에 가 볼 것을 권한다. 섬에 가 보지 않고는 그리스 사람들과 대화하기도 어려울 정도였다. 그리스의 섬들이 휴양지로 잘 알려져 있기도 하지만 사실 그리스의 문명은 먼저 섬에서 발생하였다. 우리나라로 말하면 울릉도나 제주도에서 먼저 문명이 발전한 셈이다. 나는 미노아 문명이 꽃을 피웠던 크레타와 티라(산토리니)를 먼저 방문했다.

인구가 50만이 조금 넘는 크레타를 찾는 관광객은 1년에 200만 명이나 된다. 크레타는 기원전 3000년경부터 청동기 문명이 시작된 곳이다. 이집트와 메소포타미아에서 최초로 발생한 문명이 제일 먼저 이곳에 전파되었고, 크레타는 에게 해 문명의 중심지가 되었다.

크레타는 제우스가 태어나 어린 시절을 보낸 곳이다. 제우스가 반한 여인들 가운데 동방의 공주 에우로파가 있었다. 흰 소로 변한 제우스는 그녀를 납치하여 크레타로 데리고 왔다. 에우로파Europa가 동쪽에서 서쪽으로 왔다고 해서 이때부터 그리스 서쪽을 유럽Europe이라고 불렀다. 이러한 신화는 메소포타미아를 중심으로 동방에서 먼저 발전하기 시작한 문명이 서쪽으로 이전했다는 사실을 설명해 준다.

제우스와 에우로파 사이에 태어난 아들 미노스가 나라를 세웠다고

크노소스 궁전 유적

크레타 섬의 고대 도시 크노소스는 에게 문명 중에서 가장 오래된 미노아 문명의 중심지다. 전설적인 왕 미노스의 궁전과 미노타우로스가 살았다는 미궁이 있다. 한번 들어가면 출구를 찾을 수 없을 정도로 계단으로 복잡하게 연결된 크노소스 궁전 자체가 하나의 미로 같다.

하여 크레타 문명을 미노아 문명이라고도 한다. 크레타에는 기원전 1900년경에 세워진 크노소스 궁전이 남아 있다. 현존하는 궁전 중에서는 세계에서 가장 오래된 것이다. 이 궁전에서 고대 문자가 발견되어 당시에 이미 문자가 사용되고 있었음을 알 수 있으나 아직 그 내용을 해독하지는 못하고 있다. 크레타 문명이 쇠퇴하면서 기원전 1400년경부터는 미케네 사람들이 이주해 와서 살기 시작했다.

티라는 에게 해 섬 중에서 크레타에 가까운 섬인데 세계적으로 잘 알려진 휴양지이자 신혼여행지로도 인기가 높다. 티라 섬에서는 기원전 2000년경부터 문명이 발전했는데 기원전 1500년경 대규모 화산이 폭발하여 소멸되었다고 한다. 플라톤이 이상국가로 묘사한 해저 도시 아틀란티스가 티라에 관한 이야기라는 설도 있다. 티라의 화산 폭발로 인하여 발생한 해일이 크레타 섬을 덮치는 바람에 크레타 문명이 쇠퇴하기 시작했다고 한다.

크레타와 티라를 둘러보고 나니 에게 해의 섬에서 먼저 문명이 발생한 이유를 알 것 같았다. 에게 해는 바다라기보다는 차라리 호수였다. 해변에 나가면 늘 사나운 파도만 보던 나에게 에게 해의 잔잔한 해변은 신기하기만 했다. 바다 밑이 훤히 들여다보였다. 파도가 있다면 상상할 수도 없는 바위 틈에서도 수영을 즐기는 사람들이 있었다. 그러니 험악한 산악 지대의 육로보다는 해로가 훨씬 편리했을 것이다. 옛부터 그리스가 해운 국가로 발전하여 오나시스 같은 선박 왕을 탄생시킨 것도 우연한 일이 아닌 것 같다.

그리스의 최대 산업은 관광업이다. 그리스는 농업 국가로서 제조업이 거의 없고 대부분의 공산품은 수입에 의존하고 있다. 관광과 해운업으로 벌어들인 돈으로 공산품을 수입해 생활하고 있는 것이다. 그리스가 해운 국가라는 사실은 우리에게는 행운이었다. 1970년대 우리가 중공업을 육성하면서 조선업을 시작할 무렵 우리 선박을 제일 먼저 사 준 나라가 바로 그리스였다. 그리스는 우리 선박 수출의 최대 고객이다.

호메로스는 크레타를 신들의 섬으로 묘사하고 있다. 미노스는 바다의 신 포세이돈의 도움을 받아 바다에서 황소가 태어나는 기적을 행하여 크레타의 왕이 되었다. 그런데 이 황소를 제물로 바치기로 한 포세이돈과의 약속을 지키지 않자 미노스는 이상한 벌을 받게 된다. 포세이돈은 왕비 파시파이가 이 황소와 사랑에 빠지게 했고, 그 사이에서 반은 사람이고 반은 소인 괴물 미노타우로스("미노스의 황소"라는 뜻)가 태어난 것이다. 이를 창피하게 생각한 미노스는 들어갈 수는 있어도 나올 수 없는 미궁(라비린토스)을 지어 이 괴물을 가두고 사람들이 볼 수 없도록 했다. 이 신비의 미궁에 관한 이야기는 당시 최고의 건축물 크노소스 궁전을 배경으로 한 것 같다.

미궁에 갇힌 미노타우로스에 얽힌 이야기는 신화에서뿐 아니라 후대 문학 작품에서도 많이 등장한다. 아버지가 만들어 준 날개를 달고 미궁을 빠져나온 이카로스가 자만에 빠져 아버지의 경고를 무시하고 태양 가까이 다가갔다가 날개를 접착한 밀초가 녹는 바람에 추락했다는 이야기도 여기에서 비롯되었다. 신화에는 교훈적인 의도가 많이 숨어 있는데 미노스와 이카로스 신화는 각각 배은망덕과 자만을 경계하기 위한 것이다.

금빛 찬란한 도시 미케네

에게 해 문명은 그리스와 터키의 해변 전역으로 전파되었다. 당시 터키 땅에 살고 있던 사람들은 현재의 터키인들이 아니라고 한다. 지중해 해안 지역에 살던 사람들은 대부분 그리스인이었다. 터키인이 소아시아 지역에 이주하기 시작한 것은 기원 후 훨씬 뒤의 일이다. 기원전 2000년경부터 인도유럽어족의 일파인 "아카이아"인들이 발칸 반도로 남하했다. 이들은 북방 문명을 혼합하여 다소 독자적이고 더욱 발전된 문명을 이룩했다. 그중에서 펠로폰네소스 반도에 있는 미케네 왕국이 가장 융성했기 때문에 이를 미케네 문명이라고 부른다. 미케네인들은 기원전 15세기경부터 그리스어의 고전형 문자를 사용하기 시작했다.

미케네 왕궁은 산봉우리 위에 지어진 천혜의 요새다. 수십 리 들판이 한눈에 내려다보인다. 양쪽으로는 언뜻 보기에도 아주 신성해 보

사자의 문

호메로스는 미케네를 "길이 넓고" "금빛 찬란한 도시"라고 찬양했다. 펠로폰네소스 반도에 위치한 미케네는 트로이를 약탈했던 "아카이아"인들의 왕 아가멤논이 다스리던 나라이다. 미케네 왕궁은 산봉우리에 지어진 천혜의 요새이며, 성채의 입구인 "사자의 문"은 미케네 왕궁의 권위를 상징한다.

이는 두 개의 산으로 둘러싸여 있다. 미케네 시대부터 왕궁이 요새화되었다고 하는데 이는 외부의 위협이 커지기 시작하였음을 보여 준다. 성 입구에 세워진 사자문은 미케네 왕궁의 권위를 상징하고 있다. 미케네 왕릉에서는 섬세한 세공의 금 장식품들이 많이 발견되어 당시의 화려한 문명을 엿보게 한다. 호메로스는 미케네를 "길이 넓고" "금빛 찬란한" 도시라고 찬양했다. 아테네에서 미케네까지는 자동차로 두 시간 정도 걸리는 가까운 거리에 있기 때문에 하루에도 쉽게 다녀올 수 있다. 그러나 그 유적이 대부분 폐허가 되어 있어 고대 문명에 특별한 관심이 없는 한국인 관광객들은 잘 찾지 않는 곳이다.

미케네 왕국은 기원전 1400년경 크레타를 정복하고 에게 해 일대에 세력을 뻗치게 되었다. 인류 최초의 문학 작품이라는 호메로스의 서사시 『일리아스』와 『오디세이아』도 당시 정복 전쟁의 하나인 트로이 전쟁을 배경으로 한 것인데, 미케네가 바로 아카이아인들의 왕 아가멤논이 살았던 도시다. 미케네 왕국은 기원전 1100년경까지 계속되었다. 그리스 신화는 대부분 이때부터 유래했다. 입에서 입으로 구전되어 내려오다가 기록되기도 하면서 오늘에 이른 것이다. 트로이 전쟁과 관련하여 신화에 등장하는 많은 인물들이 실존 인물로 밝혀지고 있어서 신화가 역사적 인물을 중심으로 가공된 이야기라는 것을 알 수 있다. 그러나 어디까지가 역사이고 어디까지가 신화인지 분간할 수 없는 먼 옛날의 이야기다.

대부분의 신화는 최고의 신 제우스로부터 시작한다. 미케네 왕 페

아가멤논의 무덤

미케네의 왕 아가멤논은 트로이 전쟁에서 연합군의 사령관이었다. 그리스 신화에 의하면 아가멤논은 파리스에게 헬레나를 빼앗긴 스파르타의 왕 메넬라오스의 형이며, 비극의 주인공 이피게네이아와 엘렉트라의 아버지다. 트로이 신화는 당시 번성했던 미케네의 정복 전쟁을 배경으로 하는데, 신화 속의 상당수 주인공들이 실존 인물로 밝혀지고 있다. (기원전 12세기)

르세우스의 손녀딸인 알크메네가 제우스의 아들을 낳았다. 이 제우스의 아들이 그리스 최대의 영웅 헤라클레스다. 신, 특히 제우스와 인간 사이에 아이가 태어나는 사건은 많다. 이들은 초인적인 힘을 갖고 있지만 인간과 같이 생명은 유한하다. 제우스는 헤라클레스를 미케네 왕의 후계자로 만들려고 했다. 그러나 다른 여자와의 관계를 질투한 헤라의 방해로 실현되지는 못했다. 뿐만 아니라 헤라는 헤라클레스를 혼란에 빠뜨려 자신도 모르게 자기 자식들을 모두 죽이도록 하여 그 죄 값을 단단히 치르게 했다. 헤라는 여러 차례 헤라클레스를 죽여 없애려고 했다. 그러나 헤라클레스는 초인적 능력을 활용하여 인간을 위해 많은 업적을 남기게 된다. 아버지 제우스의 도움과 헤라의 방해가 엇갈리면서 온갖 영광과 고초를 겪는 헤라클레스의 인생 역전은 그야말로 파란만장하다. 헤라클레스의 활동 무대가 동쪽으로는 카프카스 지역으로부터 서쪽으로는 대서양에 이르는 것으로 보아 당시 그리스인의 활동 영역이 매우 넓었음을 알 수 있다.

미케네 왕국은 큰 화재로 멸망했다. 미케네가 멸망하면서 신화의 시대도 끝나게 된다. 그리고 청동기에서 철기 시대로 접어든다. 미케네 시대 이후 기원전 10세기와 9세기에 건설된 유적이 거의 발견되지 않는 것으로 보아 이 시기에 그리스에 큰 변화가 있었던 것으로 추측하고 있다. 인구도 급격히 줄었다고 한다. 역사가들은 그리스 전역에 걸쳐 민족의 이동이 있었던 것으로 해석하고 있다.

기원전 8세기부터 다시 문명이 발전하고 인구도 증가했다. 그리스 전역에서 새로운 국가들이 세워지고 새로운 문화가 싹트기 시작했다. 험준한 산속의 골짜기에서, 그리고 교통이 편리한 해안선을 따라 폴리스라고 하는 수많은 도시국가들이 형성되었다. 이렇게 형성된 도시국가는 750여 개나 되었다. 이 가운데 스파르타와 아테네가 가장 부강하였다는 것은 잘 알려진 사실이다.

언어와 종교가 같은 그리스인들이 건설한 도시국가들은 서로 협력하기도 하고 때로는 서로 다투기도 하면서 번성했다. 폴리스는 자유로운 시민의 공동체로서 왕 중심의 전제 국가와는 근본적으로 달랐다. 문명의 발전은 인구의 증가를 유발하였고 인구의 증가는 자원 확보를 위한 해외 진출을 필요로 했다. 그리스인의 해외 진출이 활발해지면서 지중해와 흑해 연안까지 폴리스가 확대되었으나 통일된 대제국이 건설된 것은 아니다.

그러나 그리스인들은 제우스를 비롯한 올림포스 신들을 믿으며 델포이에서 아폴론이 들려주는 신의 뜻과 예언을 받아들였고 올림피아 제전을 함께함으로써 종교와 언어를 같이 하는 동일 민족으로서의 연대감을 유지할 수 있었다. 나는 고대 그리스의 성지 델포이와 올림피아에 대해 또 다른 기대를 갖게 되었다.

신성한 도시 델포이

델포이는 아테네에서 세 시간이면 갈 수 있는 거리여서 언제든지 쉽게 다녀올 수 있는 곳이지만, 들꽃이 만발하는 5월이 가장 아름답다고 하여 나는 일부러 봄이 오기를 기다렸다. 형형색색의 들꽃이 만발하는 그리스 시골의 봄은 유난히 아름답다. 떼를 지어 피는 하얀색의 카밀레(카모마일)가 흐드러지게 핀 들에는 마치 눈이 쌓인 것 같다. 진한 빨강의 야생 양귀비꽃은 너무나 화려하다. "저기 좀 봐." "이쪽도 봐요." 드라이브 길 위에서 내내 들꽃을 감상하며 달리느라 시간이 얼마나 지났는지도 모르는 사이에 델포이에 도착했다. 뒤로는 깎아지른 바위 절벽에 앞은 확 트인 전망. 델포이는 그 자체로도 비경(秘境)이다.

제우스의 사랑을 받은 여신들 가운데 레토라는 다산(多産)의 신이 있다. 레토는 쌍둥이를 갖게 되었는데, 그녀의 뱃속에 제우스의 아이가 자라고 있다는 것을 알게 된 헤라는 또 화가 났다. 헤라는 파르나소스 산에 살고 있던 괴물 왕뱀 피톤을 시켜 레토의 해산을 방해했다. 피톤의 방해를 피해 레토는 해산할 장소를 찾아 이리저리 헤매다 에게 해의 조그마한 섬 델로스에서 아흐레 동안의 진통 끝에 아들 아폴론과 딸 아르테미스를 낳았다. 이렇게 태어난 쌍둥이 남매는 하나는 태양의 신이 되고 하나는 달의 신이 되어 낮과 밤을 지배하게 되었다. 태양의 신 아폴론은 어머니의 해산을 방해한 괴물 피톤을 죽여 버렸다. 그런데 피톤은 대지의 여신 가이아의 아들이었기에 신의 자식을 죽인 아폴론은 살인의 죄 값을 치러야만 했다. 아폴론은 인간이 되어 9년이나 고통스러운 양치기 생활을 하고 나서야 다시 신으로 돌아갈 수 있었다. 이제 제우스의 뜻을 인간에게 전하는 예언의 능력을 갖게 된 아폴론은 파르나소스 산속 피톤의 무덤 위에 신전을 세웠다고 하

델포이

델포이는 파르나소스 산의 험준한 낭떠러지 중턱에 있는 고대 도시다. 제우스가 세상 양끝에서 독수리를 날렸는데, 이들이 만난 곳이 바로 델포이다. 델포이를 세상의 중심으로 믿은 고대인들은 "대지의 배꼽"이라는 뜻의 "옴팔로스"를 이곳에 모셨다. 현재 아폴론 신전과 야외극장, 스타디움 등이 남아 있는데, 그 규모로 보아 당시 델포이가 얼마나 번창했는지 알 수 있다.

는데 이곳이 그 유명한 델포이다.

델포이는 또한 고대인들에게 세상의 중심이었다. 제우스가 이 세상의 중심을 알아보기 위해 세상의 양끝에서 두 마리의 독수리를 날렸는데 이들이 델포이에서 만났다고 한다. 그리하여 델포이를 세상의 중심으로 믿은 그리스인들이 "대지의 배꼽"이라는 "옴팔로스"를 이곳에 모셨던 것이다. 세계의 중심지이며 동시에 신의 뜻을 알 수 있는 예언의 장소였으니 델포이가 얼마나 신성한 곳이었을지 쉽게 짐작할 수 있다.

파르나소스 산은 높이가 2,500미터나 되며 매우 험악하다. 그래서 고대 그리스인들은 이곳에 괴물이 살았다고 믿었던 것 같다. 자신의 운명을 알고 싶어 하지 않는 사람이 어디 있겠는가? 고대 그리스인들은 예언을 듣기 위해 모든 위험을 무릅쓰고 사방에서 델포이로 모여들었다. 아폴론 신전 입구에는 "너 자신을 알라"고 쓰여 있었다고 한다. 훗날 이 표현은 소크라테스가 남긴 말로 유명해졌는데 그 뜻은 달랐겠지만 그 유래는 아폴론 신전만큼이나 오래된 것 같다.

델포이는 그리스인들을 하나의 공동체로 묶어 두는 역할을 했다. 그리스 신화는 거의 대부분 델포이의 신탁과 관련이 있다. 아폴론 신전 안에는 예언을 맡은 여사제를 제외하고는 남성에게만 출입이 허용되었다. 예언 내용은 애매모호한 것들이 많아 다른 사제들이 해석을 도와주어야 했다고 한다. 그리스 각지에서 왕들도 찾아와 자문을 구하고 델포이의 신탁을 믿었던 것으로 보아 델포이의 사제들은 그리스 전역의 정세에도 정통했을 것이다.

가이아 신전의 톨로스

톨로스는 고대 그리스에 널리 만들어진 원형 건축물이다. 태양의 신 아폴론이 어머니의 해산을 방해한 왕뱀 피톤을 죽였는데, 이 피톤은 가이아의 아들이었기 때문에 아폴론은 9년간 인간으로 사는 벌을 받았다. 후에 아폴론이 피톤의 무덤 위에 신전을 세웠는데 이곳이 바로 델포이다. 델포이는 원래 가이아를 섬기던 곳이었는데 점차 아폴론의 신탁을 받는 성지가 되었다.

델포이는 기원전 2000년경부터 그리스인들에게 매우 신성한 곳으로 알려져 있었다. 기원전 6세기에 신전을 지었으나 지진으로 파괴되었다. 현재 델포이에 남아 있는 유적으로는 기원전 4세기에 재건축되었다는 아폴론 신전과 5,000명의 관객을 수용할 수 있는 야외극장, 6,500명의 관중을 수용하는 스타디움, 그리고 대지의 여신 가이아 신전 등이 있다. 그 규모로 보아 델포이가 얼마나 번창한 성지였는지를 금방 알 수 있다.

델포이는 예언의 장소만은 아니었다. 올림픽에 버금가는 피티안 게임이라는 그리스 전체의 체육 대회도 개최되었고 문화 행사도 열렸던 곳이다. 델포이의 영광스럽던 시절을 회상하며 걷다 보니 문득 허물어진 유적의 돌 사이로 피어난 들꽃은 3,000년 전이나 지금이나 다름없겠지 하는 생각이 들었다. 그 옛날 이처럼 험준한 산속의 비탈에 그 웅장한 건물들을 세웠다니 그저 신기할 따름이다. 현재는 도로가 잘 정비되어 쉽게 다닐 수 있는 곳이지만 그 당시 델포이를 찾는다는 것은 여간 어려운 일이 아니었을 것이다.

아폴론 신은 예언의 신으로서 아폴론 신전은 한마디로 자신의 운명에 대해 점을 보는 곳이었다. 델포이를 직접 찾지 못하는 사람들을 위해 그리스 전역에 크고 작은 아폴론 신전이 지어졌다. 사람들이 많이 모이는 곳에는 의례 아폴론 신전이 생겼다. 고대 그리스 사람들도 한국 사람들처럼 무척이나 예언을 좋아했던 모양이다.

로마가 그리스를 정복한 이후에도 한동안 델포이는 번창했다. 네로 황제도 이곳을 몇 차례 다녀간 일이 있다고 전해진다. 기독교가 전파되면서 델포이는 오랫동안 이교도들의 성지로 배척되어 잊혀졌지만 오늘날 교통 수단이 발전하고 관광 수요가 늘어나면서 다시 부활하고 있다. 그리고 나 역시 그리스의 험준한 파르나소스 산속을 찾은 사람들 틈에 서 있다.

평화의 상징 올림피아

펠로폰네소스 반도 북서쪽 평야 지대에 엘리스라는 도시국가가 있었다. 엘리스에는 헤라클레스가 외양간을 치워 주고 그 대가로 받은 강변의 땅이 있었다. 헤라클레스는 이곳에 올림포스 신들을 위해 제우스 신전을 짓고 올림피아라고 불렀다. 엘리스 사람들은 기원전 1000년경부터 이 올림피아에서 체육 대회를 열기 시작했다.

미케네가 쇠퇴하면서 펠로폰네소스 반도 전역에 전쟁이 끊이지 않았다. 엘리스의 이피토스 왕은 진정으로 전쟁이 사라지고 평화가 오기를 바랐다. 펠로폰네소스 반도 대부분이 험준한 지형인 데 반해 엘리스는 매우 평화로운 농촌 지역이다. 이피토스가 특히 평화를 갈구한 이유도 이처럼 안정된 자연 환경이 주는 풍요로움에서 비롯되었을 것이다. 이피토스는 델포이를 찾아 어떻게 하면 전쟁을 방지하고 평화를 이룩할 수 있을지 신의 뜻을 물었다. 아폴론은 4년마다 한 번씩 전쟁을 중단하고 체육 대회를 개최할 것을 권고하였다. 이처럼 올림픽은 처음부터 평화를 위해 제안된 것이다. 이피토스는 이와 같은 델포이의 신탁을 스파르타, 피사 등 다른 나라 왕들과 협의하여 동의를 얻은 후 여러 도시국가들이 참가하는 올림픽 경기를 개최하기 시작했다. 당시 올림픽은 닷새 동안 계속되었으며 올림픽 기간은 물론이고 경기 참가를 위한 여행과 훈련 일정을 감안하여 한 달간은 일체의 전투 행위를 중단하도록 하였다. 올림픽에 참가한 선수들은 대부분 잘 훈련된 군인이었다.

올림픽이 언제부터 시작되었는지는 분명치 않기 때문에 승리자의 기록이 남아 있는 기원전 776년을 올림픽의 기원으로 삼고 있다. 초기에는 달리기, 권투, 씨름, 경마와 마차 경기 등이 있었다. 남자 선수들만이 알몸으로 경기에 참여했으며 여성의 출입은 금지되었다. 고대 그리스 조각을 보아도 남자들은 모두 알몸인데 이것은 남성의 아름다움을 과시하기 위한 것이었다고 한다. 그후 여성들을 위한 체육 대회도 개최되었다.

올림픽은 로마 황제가 기독교를 국교로 선포하면서 이교도들의 종교 행사라 하여 금지할 때까지 1,170년 동안 계속되었다. 이 기간동안 올림픽은 한 번도 거른 적이 없었으며 올림픽 휴전도 엄격히 지켜졌다고 하니 합의로 이룬 규칙을 충실히 준수한 고대인들에 대해 존경하는 마음이 생겼다.

로마 황제에 의해 올림픽이 금지된 후 올림피아는 외면 당하기 시작했는데 그후 지진에 의해 무너지고 수차례의 홍수로 인해 진흙에 덮이게 되었다. 19세기에 들어와서야 4미터 지하에 묻혀 있던 올림피

성채 도시 미스트라

기원전 146년 로마가 아카이아 전쟁에서 펠로폰네소스 반도를 점령하면서 스파르타는 파괴되었다. 미스트라는 스파르타에 프랑크 족이 1204년 이후에 세운 성채 도시다. 이후 미스트라는 펠로폰네소스 반도의 주도가 되어 약 2세기 동안 번영을 누렸다.

아 발굴이 시작되어 오늘의 모습을 드러내게 된 것이다. 현재 올림피아에는 제우스 신전, 헤라 신전, 숙소, 훈련 시설, 스타디움 등 유적이 남아 있는데 기원전 6세기부터 지어진 것들이다. 올림픽은 제우스 신전이 건설된 기원전 5세기에 이르러 식민 도시국가들까지 참석하여 대성황을 이루기 시작했다. 올림픽 개최 기간 중에는 그리스 각지에서 15만 내지 20만 인파가 올림피아에 모여들었다고 하니 그 규모를 가히 짐작할 수 있을 것이다. 강변의 계곡에 위치한 올림피아는 주변 경관이 아주 아름답다. 2만 명의 관중을 수용할 수 있는 스타디움 등 건축물이 주변 경관과 잘 어울리도록 설계된 것이 매우 인상적이다. 고대 그리스의 건축물은 어디에서든지 주변 환경과의 조화에 특별한 배려를 한 것이 특징이다.

근세에 들어 고대 올림픽 정신에 매료된 프랑스인 쿠베르탱 남작의 제창으로 1896년 제1회 세계 올림픽 대회가 아테네에서 개최되었다. 고대 올림픽이 세계인의 축제로 부활한 것이다. 그러나 이 첫 번째 올림픽은 13개국이 참가한 유럽 중심의 행사였다. 물론 그리스가 1위를 차지했다. 그토록 올림픽을 사랑한 쿠베르탱 남작은 죽은 후에 자신의 심장을 올림피아에 묻도록 하였다. 그리스의 묘는 대부분이 소규모인데 비하여 쿠베르탱의 심장이 묻힌 곳은 상당한 규모로 잘 단장되어 있다. 그리스인들이 올림픽 유산을 얼마나 소중하게 여기는지를 짐작할 수 있는 점이다.

고대 그리스인들이 1,170년 동안 한 번도 거른 적이 없는 올림픽이 부활된 지 겨우 100년 만에 전쟁을 이유로 세 번이나 거른 것은 너무나 유감스럽다. 원래 올림픽은 전쟁 중에는 휴전과 평화의 가능성을 탐색하기 위한 계기였다. 세계 곳곳에서 아직도 테러와 전쟁의 위협이 존재하는 오늘날 세계인들이 모두 올림픽 정신을 새롭게 음미해 보았으면 하는 바람을 갖게 된다.

고대 그리스 스타디움에는 제우스의 메신저였던 헤르메스의 조각이 세워져 있는 경우가 많다. 이것은 올림픽에 참가한 사람들이 평화를 위한 신의 뜻을 전하는 메신저 역할을 하라는 의미라고 한다. 오늘날에도 올림픽이 개최될 때마다 고대 그리스의 전통에 따라 올림피아에서 성화를 채취하고 있다. 고대 올림픽 정신을 이어받기 위한 것이다. 국제올림픽위원회는 올림피아에 올림픽 아카데미를 세워 올림픽 관계자들을 교육시키고 있다.

나는 올림픽과 관련된 그리스 사람들을 종종 만날 기회가 있었다. 그중에 올림픽을 통한 평화 운동을 하는 사람이 있었는데, 그는 나를 보자마자 한국이 고맙다고 인사하였다. 처음에는 무슨 영문인지 몰랐다. 시드니 올림픽에서 남북한이 동시에 입장하여 평화와 화해의 올림픽 정신을 실천해 주어서 고맙다는 것이었다. 국제올림픽위원회는 올림픽 휴전을 통한 평화 운동을 전개하고 있다. 하계 올림픽이나 동계 올림픽이 개최될 때마다 유엔총회에서 올림픽 기간 동안 전투 행위를 중단할 것을 호소하는 결의를 채택하고 있다. 앞으로도 이러한 올림픽을 통한 평화 운동이 계속 전개되고 성과가 있었으면 하는 바람이다.

부유한 도시 코린트와 통나무 속 철학자

미케네는 그리스 남단 펠로폰네소스 반도에 있다. 스파르타, 코린트, 올림피아같이 이 반도에 있는 도시들이 앞서 발전한 것은 우연이 아니었다. 특히 스파르타는 미케네 시대부터 번창했다. 기원전 9세기에 이르러 집단 지도 체제인 과두정치 헌법을 채택했고 그리스 전역에 영향력을 행사하기 시작했다. 스파르타 시민은 극기와 엄격한 기율 생활을 하였다. 어린아이들은 일곱 살이 되면 부모 곁을 떠나 강인한 육체 훈련과 애국적 교육을 받았다. 그리하여 나라를 위해서는 언제든지 목숨을 바칠 수 있는 정신력을 키웠다. 이것이 소위 스파르타식 교육이다. 스파르타식 교육이 효과가 있었던지 스파르타가 일찍이 펠로폰네소스 반도의 패자가 되어 그리스 전역에 영향력을 행사하기 시작했다.

호메로스의 『일리아스』는 스파르타와 트로이 간의 전쟁을 다루고 있다. 스파르타의 왕비 헬레네가 트로이의 왕자 파리스에게 반하여 함께 도망친 것이다. 이 고대 스캔들이 10년에 걸친 트로이 전쟁의 원인이 되었다. 이 엄청난 트로이 전쟁을 둘러싼 이야기는 그리스 신화

코린트 운하
코린트는 펠로폰네소스 반도와 내륙을 연결하는 교통의 요충지로 고대로부터 전략적으로나 상업적으로나 중요한 도시이다. 기원전 6세기 후반에 아테네가 무역업에서 코린트를 앞지르자 치열한 경쟁이 시작됐다. 그리하여 코린트는 펠로폰네소스 전쟁에서 스파르타에 합세하여 아테네와 싸웠다.

의 진수에 해당한다.

19세기에 그리스 신화와 고대 문명에 매료된 독일 실업가 슐리만이라는 사람이 부인과 이혼하고 가정을 버리면서까지 트로이 발굴에 나섰다. 결국 트로이 유적을 발굴해 냄으로써 이 전쟁이 역사적 사실과 관련되어 있음을 밝혀냈다. 트로이 전쟁은 기원전 13세기경으로 추정된다. 트로이가 완전히 파괴되고 수많은 인명이 희생된 뒤에야 스파르타 왕은 헬레네를 되찾을 수 있었다. 역사적 사실과 신화가 뒤섞여 혼재하는 아득한 옛날부터 스파르타는 번성했지만 지금의 스파르타는 우리에게 상상의 공간일 뿐이다.

코린트는 펠로폰네소스 반도와 내륙을 연결하는 교통의 요충지에 있다. 양쪽으로 이오니아 해와 에게 해에 인접해 있어 지중해 무역의 중심지가 되었다. 고대 문명의 발전에 크게 기여한 이집트의 종이 파피루스도 이곳을 통해 수입되었다. 그래서 코린트는 일찍이 상업이 활발한 부유한 도시로 발전했다. 그래서인지 이곳에는 아고라라는 대규모 시장 터가 비교적 잘 보존되어 있다. 화려하게 장식된 공동 우물과 수세식 화장실까지 설치되어 있었으니 고대 코린트의 번창함을 한눈에 알아볼 수 있다.

이곳에 가장 오래된 신전으로 알려진 아폴론 신전이 남아 있다. 부유한 곳에 향락과 타락이 있었던 것은 옛날에도 마찬가지였던 모양이다. 사랑의 여신 아프로디테 신전 주변에는 수많은 여사제들이 사랑을 숭배한다는 명분 아래 "신성한" 매춘 행위를 했는데, 이들이 1,000

아폴론 신전

코린트의 아폴론 신전은 아고라의 북서쪽으로 약간 높은 곳에 서 있다. 기원전 550년경에 건립된 이 아폴론 신전은 그리스에 남아 있는 신전 가운데 가장 오래되었다. 도리아 양식의 기둥이 일곱 개 남아 있다.

명이 넘을 때도 있었다고 한다.

이러한 사치와 향락에 저항한 철학자가 있었으니 바로 통나무 속에 살았다는 디오게네스다. 디오게네스는 세상이 너무 어두워서 앞이 보이지 않는다고 외치며 다녔다. 호기심에 찬 알렉산드로스 대왕은 이 괴상한 철학자를 만나 무엇이든 원하는 것이 있으면 말해 보라고 했다. 그러자 디오게네스는 "햇볕이나 가리지 말고 비켜서 주시오."라고 했다고 하는데, 이 유명한 일화가 바로 이 코린트 시장 터에서 일어난 일이다. 알렉산드로스 대왕은 "내가 알렉산드로스가 아니라면 나도 디오게네스와 같이 되고 싶다."고 대답하였다고 한다.

코린트에 얽힌 신화도 많다. 시시포스 왕은 자신을 도와준 신에 대한 의리를 지키기 위해 제우스에게 거짓을 고한 일이 있다. 제우스에게 죄를 지은 이상 죽음을 피할 수 없었지만 시시포스는 교활한 말솜씨로 죽음의 신을 속여 다시 속세로 돌아올 수 있었다. 시시포스에게 속은 것을 알아차린 지하의 신 하데스는 화가 났다. 시시포스는 그후 오래 살았지만 죽은 뒤에는 영원히 고통스러운 벌을 받아야 했다. 즉 바위를 굴려 산 꼭대기로 올려야 했는데 어렵게 겨우 꼭대기에 이를 만하면 바위가 다시 밑으로 굴러 떨어졌다. 바위 굴리기라는 단순한 중노동을 반복하는 고통이다. 가파른 코린트 산성을 쳐다보면 시시포스의 고뇌 어린 얼굴이 저절로 연상된다.

고대 그리스인들은 인간이 죽은 후에는 아무런 고통이나 걱정 없이 평화를 누리고 살 수 있다고 믿었다. 이 세상에서의 고통과 비극으로 충분하다고 생각한 것이다. 신들은 아름다운 인생을 마친 사람들은 특별히 별로 만들어 밤하늘을 밝히도록 해 주기도 하고 헤라클레스 같은 영웅은 신으로 받아 주기도 했다. 그러나 시시포스는 도저히 용서할 수 없었던 모양이다.

코린트는 사도 바울로가 초대 교회를 세운 곳이기도 하다. 또한 신약성서에 코린트(고린도) 전서와 후서가 기록되어 있을 정도여서 기독교인들이 자주 찾는 곳이다. 사도 바울로는 1년 반 동안 코린트에 머물면서 향락에 빠져 있는 코린트 시민을 상대로 전도하였다고 한다.

아테네에서 두 시간이 채 걸리지 않는 곳이어서 우리나라 관광객들도 즐겨 찾고 있는데, 특히 기독교 신자들에게는 성지 순례의 필수 코스다.

살라미스 해전과 델로스 동맹

그리스 사람들은 기원전 11세기부터 이오니아 지방에 이주하여 살기 시작했다. 이오니아는 터키의 에게 해 해변 지역을 말한다. 아폴론과 아테네 왕비 사이에 이온이 태어났는데 "이오니아"는 이 아폴론의 아들 이온의 후손이 살았다고 하여 부쳐진 이름이다.

이오니아 지방에는 밀레토스, 에페소스, 사모스 등의 도시국가가 번성했다. 밀레토스에서는 기원전 6세기에 학문이 발전하기 시작하여 철학의 아버지 탈레스를 비롯한 많은 학자들을 배출했다. 이때부터 신화적 세계관에 대한 비판이 등장했다. 에페소스는 사도 요한이 활동한 곳이며 성모 마리아가 생을 마친 곳이라고 하여 기독교 신자들이 많이 찾는 곳이다. 이오니아 지방은 지금은 대부분 터키의 영토가 되었으나 에게 해 크루즈 여행에 포함되어 있기 때문에 시간적 여유를 갖고 그리스를 방문하는 사람들은 크루즈를 즐기면서 이 지역을 둘러볼 수 있다.

그리스인들이 도시국가를 중심으로 문화를 꽃피우고 있을 무렵, 동방에서는 지금의 이란인 페르시아인들이 대제국을 건설하고 서쪽으로 세력을 확장하기 시작했다. 페르시아는 에게 해 연안까지 진출하여 기원전 546년에 이오니아를 정복했다. 기원전 499년에는 이오니아 사람들이 페르시아의 폭정에 항거하여 반란을 일으켰다. 아테네가 중심이 되어 그리스 도시국가들이 이오니아를 도왔다. 이 반란은 5년 동안이나 계속되었으나 결국 페르시아 군에 의해 무참히 진압되고 말았다. 반란을 진압하는 데 단단히 애를 먹은 페르시아 왕은 분을 삭이지 못하고 아테네에 보복하리라 마음먹었다. 그리고 신하에게 "폐하, 아테네 사람들을 기억하십시오."라고 하루에 세 번 보고하도록 지시하였다고 한다.

페르시아는 먼저 마케도니아 쪽으로 침공하였으나 실패했다. 기원전 490년에는 아테네에서 약 42킬로미터 떨어진 마라톤에서 대전투가 벌어졌다. 8,000명의 아테네 병사가 2만 명의 페르시아 군대를 맞아 싸운 이 전투에서 아테네가 대승을 거두었다. 한 병사가 아테네까지 쉬지 않고 달려와 승리의 소식을 전하고는 숨을 거두었는데 이것이

사자의 테라스

델로스는 에게 해 키클라데스 제도에 있는 작은 섬이다. 델로스는 아폴론과 아르테미스 남매가 태어난 신성한 곳이기 때문에 신전을 지키는 석상들이 많이 있다. 그 가운데 대리석으로 만든 아홉 개의 사자상은 델로스에서 가장 유명한 조각이다.

오늘날 마라톤의 기원이다.

마라톤에는 당시 전사한 아테네 병사들을 한꺼번에 묻은 커다란 무덤만이 덩그러니 남아 있다. 요즈음에도 마라톤 전투의 승리와 이 용감한 병사를 기념하기 위해 매년 마라톤에서 출발하여 아테네까지 달리는 마라톤 대회가 열리고 있는데 세계 각지에서 아마추어 마라톤 애호가들이 많이 참여하고 있다. 한 번쯤 이 코스를 직접 달려 보고 그 가슴 벅찬 심정을 느껴 보고 싶었으나 체력을 생각하면 마음을 접어야 했다.

페르시아는 왕이 죽고 이집트의 반란 등으로 잠시 주춤하는 듯하였으나 다시 그리스를 괴롭히기 시작했다. 20여 년 동안 계속된 페르시아 전쟁 중에 잠시 아테네가 페르시아 군에 점령된 일이 있었다. 그리스의 존망을 앞에 두고 아테네인들은 델포이로 달려갔다. 아폴론의 답은 "도망칠 대로 도망쳐라. 오직 나무로 만든 성에 의지하라."는 것이었다. 아테네 시민들은 이것을 선박에 의지하라는 뜻으로 해석하고는 아테네 앞바다에 있는 살라미스 섬으로 피신하여 해전을 준비했다.

페르시아 군은 쉽게 아테네에 입성할 수 있었다. 그리고 그리스 함대의 두 배나 되는 페르시아 함대가 나타났다. 살라미스 섬에 대기하고 있던 그리스 함대는 페르시아 함대가 좁은 수로로 들어오기를 기다렸다가 일제히 공격하여 대승을 거두었다. 물론 보급로가 끊긴 페르시아 군은 아테네로부터 퇴각하지 않을 수 없었다. 이순신 장군의 한산대첩과 같은 것이다. 기원전 480년에 있었던 이 살라미스 해전은

디오니소스 신전

델로스는 기원전 10세기경부터 레토를 숭배했다. 일찍부터 항구도시로 번영했던 델로스에는 델로스 동맹 당시 금고를 보관했던 아폴론 신전과 아테나, 아프로디테, 헤르메스 신전 등이 있다. 디오니소스 신전은 섬의 동쪽에 위치한다.

세계 전쟁사에 최초의 해전으로 기록되고 있다.

페르시아의 위협은 계속되었다. 아테네를 중심으로 그리스인들은 지중해의 섬 델로스에 모여 동맹을 맺고 이에 대항하였다. 델로스는 아폴론이 태어난 매우 신성한 곳이었다. 델로스에서 출생과 사망을 금할 정도였다. 델로스는 기원전 14세기부터 번창하였다. 기원전 5세기에 아테네 시민은 이곳에 아폴론 신전을 세우고 매년 5월 성지 순례 성격의 델로스 축제를 가졌으며 관객 5,000명을 수용할 수 있는 야외 극장도 세웠다. 지금은 무인도인 조그마한 섬에 불과하지만 그 당시에는 인구가 2만 5000이나 되는 큰 도시로 에게 해의 중심지였다.

델로스는 세계적으로 잘 알려진 휴양지 미코노스 섬과 인접하여 비교적 많은 관광객이 모여드는 곳이다. 쾌속선을 이용하면 아테네에서 하루에도 다녀올 수 있다. 나는 들꽃이 만발한 봄에 델로스를 방문했는데 구름 한 점 없는 푸른 하늘, 에메랄드빛의 아름다운 바다, 바다에 반사되는 현란한 빛, 다 무너진 고대 유적, 그리고 그 유적지에 피어난 화려한 들꽃들이 어우러진 델로스의 모습을 잊을 수가 없다. 고대 그리스의 아름다운 조각과 예술이 이러한 빛에서 유래한다는 주장이 일리가 있어 보인다.

페르시아 전쟁은 고대 그리스 역사에 지대한 영향을 미쳤다. 전제 왕정의 페르시아와 민주 국가 그리스의 대결이라고 하여 이 페르시아 전쟁을 최초의 이념 전쟁이라고 말하는 이들도 있다. 페르시아 전쟁을 계기로 아테네가 패권자로 등장했다. 역사가들은 이 페르시아 전쟁을 전후로 고대 그리스 역사를 구별하고 있다.

페르시아 전쟁이 끝난 후에도 아테네는 델로스 동맹을 기반으로 세력을 더욱 확대했다. 동맹에 참여한 대부분의 폴리스들은 군대 대신에 군비를 내는 방법을 택했기 때문에 동맹의 재정은 풍성했다. 처음에는 델로스의 아폴론 신전에 동맹 금고를 설치하였으나 후에 아테네로 옮겼다. 아테네는 풍성한 재정을 바탕으로 해군력을 키웠으며 이 해군력을 기반으로 해양 세력으로 발전하여 그 세력이 날로 확대되어 갔다.

아테네 국력의 상징 파르테논 신전

페르시아 전쟁 이후 델로스 동맹을 배경으로 부강해진 아테네에서는 문화와 학문이 꽃을 피웠다. 아테네(아테나이)라는 도시 이름은 아테나 여신에서 비롯된 것이다. 아테네의 중심부에는 아크로폴리스라는 우뚝 솟은 바위 언덕이 있다. 그리스어로 "아크로"는 "높다"는 뜻이고 "폴리스"는 "도시"라는 뜻이니 아크로폴리스는 "언덕 위의 도시"라는 뜻이다. 아크로폴리스는 아테네에만 있는 것은 아니다. 대부분의 도시국가가 방어의 목적으로 높은 곳에 성을 쌓았기 때문에 아크로폴리스는 거의 대부분의 도시국가에 있다. 그중에서 특히 아테네의 아크로폴리스는 동서 270미터, 남북 150미터의 바위 투성이 언덕위에 있는데, 서쪽 입구를 제외하고는 세 방향 모두 가파른 절벽이다. 물론 파르테논 신전으로 더 유명하다.

신화의 시대부터 아크로폴리스에는 왕궁과 아테나 신전이 있었으나 페르시아 전쟁 중에 모두 파괴되었다. 페르시아 전쟁 이후 막강한 국력을 바탕으로 아테나 여신을 모시는 파르테논 신전이 세워졌다. 말하자면 아크로폴리스를 재개발한 것이다. 기원전 447년에 착공하여 15년에 걸쳐 완성되었다는 이 신전은 그 아름다움으로 인해 세계적인 문화유산으로 인정받았고 그리스의 상징이 되었다. 건축학적으로도 신비에 가까울 정도라고 한다. 파르테논 신전은 아테네 국력의 상징이었다. 당시 막대한 재원을 필요로 했던 신전 건립과 관련하여 논란이 많았으나 민주주의 지도자 페리클레스의 강력한 주장에 따라 추진되었다. 신전 내부 벽면에 192명의 남자들이 행진하는 모습이 조각되어 있는데, 이는 마라톤 전투에서 희생된 아테네 병사들의 숫자와 일치하는 것으로 보아 페르시아 전쟁의 승리를 기념하고 희생된 병사들을 아울러 추모한 것으로 추측된다. 신전을 장식하고 있던 아름다운 조각의 절반 가량이 현재는 런던의 대영박물관의 엘긴마블스Elgin Marbles에 전시되어 있다.

학창 시절 캠퍼스 안에 아크로폴리스 광장에 모여 친구들과 어울리던 시절이 떠올랐다. 사실 나는 왜 대학 구내의 광장을 아크로폴리스라고 불렀는지 그 이유를 잘 몰랐다. 아테나 여신은 지혜의 신이니 대학 광장을 아크로폴리스라고 불렀던 모양이다. 대학을 졸업하고 30년이 지나서야 그 뜻을 알게 되었으니 웃음이 절로 나온다.

아주 먼 옛날 아테네의 수호신 자격을 두고 아테나와 바다의 신 포세이돈이 다투었다. 제우스는 올림포스에 신들을 모아 놓고 투표로 결정하도록 했는데 그 결과 한 표 차이로 아테나가 승리했다. 여신들은 모두 아테나를 지지했고 남신들은 모두 포세이돈을 지지했는데 아테나의 아버지 제우스가 기권하는 바람에 그렇게 되었다고 한다. 신들 사이에서도 투표를 통한 평화롭고 공정한 절차가 존중된 것을 보면 고대 그리스인들의 가치관을 엿볼 수 있다.

아테나는 아테네 시민들을 위해 평화와 조화를 상징하는 올리브 나무를 선사했다. 올림픽 경기에서 승리자에게 씌워 주는 월계관이 이 올리브 나뭇가지로 만든 것이다. 올리브는 식용으로 쓰일 뿐만 아니라 등잔불의 연료, 향료와 비누의 원료 등 다양한 용도로 쓰인다. 고대 사회에서는 사치품으로서 아테네의 중요한 수출품이었다. 올리브 나무는 신성시되어 올리브나무를 제거하는 것은 사형과 같은 무거운 죄로 처벌되었다.

아테나에게 패배한 포세이돈은 화가 나서 바다에 파도를 일으켜 아테네 시민을 괴롭혔다. 아테네 시민은 포세이돈을 달래기 위해 아름다운 바닷가에 포세이돈 신전을 지어 주었다. 아테네에서 포세이돈 신전이 있는 곳까지의 바닷길은 아름다운 드라이브 길로 최적이다. 또한 아테네 시민들은 이때부터 투표에 여성들이 참여치 못하도록 하고 아이가 태어나면 아버지의 이름을 따르도록 하여 포세이돈을 달래보려고 했다. 이러한 신화는 아마도 모계 사회에서 부계 사회로 옮겨 가던 시기를 설명하는 것이 아닌가 싶다.

아크로폴리스 주변에는 "아고라"라는 시장 터와 야외극장이 있는데 이곳이 아테네 시민 생활의 중심지였다. 아테네 시민들은 이곳에 모여 토론을 하면서 철학을 이야기하고 민주주의를 실천하면서 각종 사회 제도를 발전시켰다. 그리하여 오늘날 세계 문명의 기원을 이루게 된 것이다. 이 시기가 아테네의 황금기라고 할 수 있다.

아테네의 세력이 커지면서 다른 도시국가들은 아테네를 견제할 필요성을 느끼기 시작했다. 결국 기원전 431년에 아테네와 스파르타 간에 전쟁이 일어났다. 이 펠로폰네소스 전쟁은 27년간이나 계속되었다. 아테네는 기원전 404년 스파르타에 패하면서 점차 쇠퇴의 길을 걸었다.

그리스 비극의 무대 테베

아테네와 스파르타를 중심으로 두 편으로 나뉘어 싸운 펠로폰네소스 전쟁은 그리스 전체를 휩쓸었다. 마침내 스파르타가 전쟁에서 승리는 하였지만 문화적으로 가장 진보한 그리스 도시국가 전체가 정치적으로나 경제적으로나 쇠퇴하기 시작했다. 스파르타와 연합했던 도시국가들도 이탈하기 시작했고, 그리스는 한동안 불안정한 상태가 계속되었다. 이러한 틈을 타고 테베의 세력이 확장하기 시작했다. 기원전 371년에 이르러 테베는 스파르타를 누르고 패권을 장악했다.

테베의 건국 신화는 동방의 왕자 카드모스 이야기다. 카드모스는 제우스가 크레타로 납치해 간 에우로파 공주를 찾기 위해 그리스로

포세이돈 신전

아테네의 수호신을 두고 아테나와 포세이돈이 다투었다. 끝이 보이지 않자 올림포스 신들이 투표로 결정했는데 아테나가 승리했다. 화가 난 포세이돈이 바다에 파도를 일으켜 아테네 시민을 괴롭히자 아테네는 포세이돈을 달래기 위해 아름다운 바닷가에 포세이돈 신전을 지었다.

왔으나 공주는 찾지 못하고 테베에 정착하여 나라를 세운 것이다. 이처럼 테베의 역사는 매우 오래된 것으로 밝혀지고 있다. 테베에서는 이집트의 피라미드를 닮은 왕릉이 발굴되었다. 테베는 미케네 시대에 번성하였다고 한다. 그래서 유달리 테베와 관련된 신화가 많다.

특히 그리스 신화에서 테베는 오이디푸스 비극의 현장이다. 오이디푸스는 잉태되기도 전에 아버지 라이오스의 운명이 정해지면서 비극을 안고 태어난 불운한 인간이다. 살인의 죄를 지은 테베 왕 라이오스는 델포이에서 아들의 손에 죽을 것이라는 예언을 듣는다. 라이오스는 자식을 갖지 않으려고 온갖 노력을 하지만 결국 오이디푸스가 태어난다. 차마 제 손으로 자식을 죽일 수 없었던 왕은 아기를 산속에 유기하여 죽게 내버려 두었다. 그러나 오이디푸스는 목동에 의해 구사일생으로 살아남는다.

오이디푸스는 자식이 없는 코린트 왕에 입양되어 왕자가 된다. 그러나 오이디푸스가 델포이에서 들은 신탁은 라이오스에게 떨어진 예언을 성취시키고 만다. 오이디푸스는 어느 날 자신이 아버지를 죽이고 어머니와 살게 될 것이라는 예언을 듣는다. 오이디푸스는 자신의 아버지로 알고 있는 코린트 왕이 죽을 때까지는 돌아오지 않으리라 다짐하고는 코린트를 떠난다. 테베로 향하던 오이디푸스는 아무 것도 모른 채 파르나소스 산속에서 우연히 친아버지인 라이오스를 만나는데 사소한 말다툼 끝에 그를 살해하게 된다. 그리고 테베에 들어선 오이디푸스는 지혜와 용기로 스핑크스를 물리치고 영웅이 된다. 그리하

여 오이디푸스는 친어머니인 왕비 이오카스테와 결혼하여 테베의 왕
이 된다.

그후 테베에는 많은 재앙이 잇따랐는데, 선왕의 살해자를 찾아 응
징하지 않았기 때문이라는 소문이 돌았다. 백성들은 테베를 재앙에서
구했던 오이디푸스에게 또 한 번 기대를 걸어 보지만 결국 오이디푸
스 자신이 친아버지를 죽이고 친어머니와 살고 있다는 사실이 밝혀진
다. 비통함에 빠진 오이디푸스는 왕위를 버리고 스스로 장님이 되어
방랑자가 된다. 자기와 어머니 사이에서 태어난 두 아들은 왕위 다툼
을 하다가 함께 죽는다. 오이디푸스는 딸에 의지하여 한 많은 일생을
살다가 세상을 떠난다.

자신도 모르고 지은 죄를 스스로 파헤치게 되는 이 비극은 오늘날
에도 연극으로 많이 공연되고 있다. 여름철에 그리스를 방문하는 사
람은 고대인과 같이 야외극장에서 이 오이디푸스 공연을 관람할 수
있다. 신화는 테베의 비극을 예상했던 것일까? 테베의 패권은 그리 오
래가지 못했다. 그리하여 그리스는 다시 중심을 잃은 채 통일을 이루
지 못하고 서로 싸우면서 함께 쇠퇴하게 되었다.

테베는 고대 유적지 위에 도시가 건설되어 있어 발굴에 어려움이
있다고 한다. 많은 전설이 얽혀 있는데도 기대한 만큼 볼 수 없는 것
이 참으로 아쉽다.

펠라와 알렉산드로스 대왕

아테네에서 제2의 도시 데살로니카로 가는 고속도로를 따라 북쪽으로 다섯 시간 정도 달리면 올림포스 산을 지나게 된다. 우리의 경부고속도로에 해당되는 이 고속도로는 해안선을 따라 달리기 때문에 경관도 수려하다. 올림포스 산을 지나면 국토의 모양이 갑자기 변하여 대평원이 펼쳐진다.

이 평야 지대에서 마케도니아가 융성하기 시작했다. 마케도니아는 농업 지대일 뿐만 아니라 배를 만드는 데 필요한 목재도 풍성했다. 마케도니아는 기원전 5세기에 베르기나에서 펠라로 수도를 옮겼다. 마케도니아는 다른 폴리스와 달리 왕정을 유지하고 있었는데 필리포스 2세가 왕위에 오르면서 번성하기 시작했다. 필리포스 2세는 군사력을 키우는 데 주력하고 결혼으로 친척 관계를 형성하면서 주변 도시국가들을 포섭했다. 마케도니아는 기원전 338년 아테네와의 전쟁에서 승리를 거둔 후 펠로폰네소스로 진출했다. 다음해 코린트에서 동맹을 체결하고 그리스의 패자로 자리를 굳혀 갔다. 동맹의 결속을 필요로 한 필리포스는 페르시아 정벌을 제의하여 합의를 얻어냈다.

기원전 336년 필리포스 2세가 암살되는 바람에 그의 아들 알렉산드로스는 스무 살의 어린 나이에 왕위에 올랐다. 일부 도시국가들이 마케도니아에 도전하였으나 알렉산드로스는 그리스의 패권을 장악하기 위해 반란을 무자비하게 진압했다. 그 가운데 지리적으로 가까운 테베가 먼저 희생되었다. 알렉산드로스의 무서운 테베 정벌을 지켜본 다른 폴리스들은 순종하지 않을 수 없었고 패권을 장악한 알렉산드로스는 코린트 동맹을 강화하고 동방 원정에 나서게 된다. 알렉산드로스는 원정을 떠나기에 앞서 델포이로 신탁을 받으러 갔다. 마침 그가 도착한 날이 불길한 날이어서 신전은 문이 닫혀 있었고 신탁을 받을 수가 없었다. 그러자 알렉산드로스는 강제로 신관을 끌어내어 신전으로 데리고 갔다. 어처구니가 없는 신관이 "당신은 절대로 지지 않을 사람이군요."라고 말하자 알렉산드로스는 "내가 듣고 싶은 말이 바로 그거다. 더 이상의 신탁은 필요 없다."고 말하고는 곧장 떠나 버렸다고 한다.

기원전 334년 동방 원정 길에 오른 알렉산드로스는 한 번도 전투에서 패한 일이 없었다. 먼저 페르시아 지배를 받고 있던 소아시아 지역의 그리스 도시국가들을 차례로 해방시킨 후 이집트로 진격했다. 이집트는 페르시아를 무찔러 준 알렉산드로스에게 협조하였다고 한다. 그리고 나서 알렉산드로스는 지금의 이라크에 있는 바빌론으로 향했다. 알렉산드로스의 무서운 진격에 놀란 페르시아 왕은 유프라테스 강 서쪽을 모두 양보할 것을 제의했다. 그러나 알렉산드로스는 "두 개의 태양이 있다면 세계는 질서와 조화를 유지할 수 없다."면서 페르시아의 제의를 거부했다.

알렉산드로스는 페르시아를 정복한 후 "폭군은 폐지되었다. 이제 모든 사람들은 법의 통치를 받을 것이다."고 선포했다. 당시 페르시아에는 불을 믿는 신앙이 있었는데 알렉산드로스는 이러한 원시 종교를 타파했다. 많은 세월이 흐른 뒤의 일이지만 그후 페르시아 사람들도 알렉산드로스를 위대한 인물로 칭송하였으며 이슬람의 경전 코란에도 알렉산드로스에 대한 언급이 있다고 한다.

알렉산드로스는 계속하여 아프가니스탄을 거쳐 지금의 우즈베키스탄인 중앙아시아로 진격했다. 기원전 327년에는 인도로 진출하였다. 이때의 영향으로 아직도 인도 북부에는 그리스 후손들이 살고 있으며 간다라 예술에는 고대 그리스 문화의 영향이 많이 남아 있다고 한다. 알렉산드로스는 페르시아인과 결혼하였으며 부하들에게도 국제 결혼을 장려했다. 알렉산드로스는 "모든 사람은 세계를 자기 모국과 같이 생각하라. 선한 사람은 부모와 같이 대하고 악한 사람은 짐승과 같이 취급하라."고 하여 민족적 차이를 초월한 세계주의를 주창했다. 알렉산드로스는 가는 곳마다 "알렉산드리아"라는 도시를 건설하여 그리스 문화를 전파했다. 그 결과 그리스 문화와 동방 문화가 융합된 헬레니즘이라는 새로운 문화가 탄생했다. 역사가들은 알렉산드로스 대왕의 동방 원정을 전후하여 시대를 구분하고 있다.

알렉산드로스는 대제국의 수도를 바빌론으로 정하고 그곳에서 통치하였다. 그러나 얼마 되지 않아 기원전 323년 서른셋의 젊은 나이에 병사하고 만다. 그리하여 알렉산드로스는 동방 원정을 떠난 후 한 번도 고향에 돌아오지 못한 채 세계사의 흐름에 커다란 흔적을 남기고 짧은 일생을 마쳤다.

알렉산드로스 대왕이 사망한 후 마케도니아 제국은 세 개의 왕국으

표범을 탄 디오니소스

펠라는 마케도니아의 알렉산드로스 대왕이 태어난 곳이다. 펠라 시가지는 직사각형의 바둑판 모양으로 설계되었고, 집들의 바닥은 표범을 탄 디오니소스와 사자 사냥 등을 묘사한 모자이크들로 장식되어 있었다. 이 모자이크는 천연 조약돌을 가지런히 배열하는 "페블 모자이크" 세공법인데, 특히 펠라의 바닥은 사실적이고 우아하게 묘사한 것으로 유명하다.

로 분열되었다. 세월이 흐르면서 마케도니아 제국도 점차 쇠퇴했다. 그리스 도시국가들의 반란도 끊이지 않았지만 날로 부강해지고 있는 로마가 세력을 확장하고 있었다.

나는 알렉산드로스 대왕의 활동 무대였던 펠라, 베르기나 등 마케도니아 지방을 여행할 기회가 있었다. 어린 알렉산드로스가 말을 타고 마음껏 대평원을 달리는 모습을 떠올려 보았지만, 한없이 평화로운 이 넓은 평야 어디에도 세계를 지배한 대제국의 흔적을 찾아보기는 어려웠다.

펠라는 1세기에 지진으로 파괴되었다고 한다. 폐허가 된 펠라는 흙더미에 덮여 오랜 세월을 보내고 20세기에 들어와서야 발견되었는데 1978년이 되어서야 본격적인 발굴이 시작되었다. 아직도 발굴 작업이 진행되고 있으나 앞으로도 몇십 년은 더 지나야 제 모습이 드러날 것이다. 올림포스 산에서 멀지 않은 베르기나에는 필리포스 2세를 비롯한 알렉산드로스 대왕의 가족묘가 있으나 알렉산드로스의 묘는 아직 찾지 못하였다고 한다. 베르기나 묘소는 대제국을 건설한 마케도니아의 위세에 비교하면 너무나 초라하다.

아프로디테를 낳은 키프로스

키프로스 공화국은 동부 지중해에 있는 조그마한 섬나라다. 인구가 80만에 불과하지만 남북으로 나뉜 우리와 같은 분단국이다. 우리는 이념의 차이로 분단되었지만 키프로스는 인종의 차이로 분단되었다. 남쪽에 사는 60만 명은 그리스 사람들이지만 북쪽에는 터키 사람들이 살고 있다. 수도 니코시아를 관통하는 군사분계선은 동서로 나뉘던 베를린의 비극을 떠오르게 한다.

나는 그리스 대사로서 키프로스도 겸임하고 있었다. 키프로스 국기에는 섬 모양이 그려져 있다. 그걸 보니 우리가 남북 행사를 할 때 가끔 사용하는 한반도 기가 생각났다. 마침 우리나라 장군이 유엔평화유지군 사령관으로 근무하고 있어서 사령부를 몇 번 방문했다. 비무장 지대 안에 있는 사령부를 방문할 때마다 우리나라의 모습을 보는 것 같아 가슴이 아팠다. 유엔은 키프로스의 통일을 위해 중재 노력을 하고 있다. 키프로스 문제는 그리스와 터키 간의 어려운 외교 쟁점이다.

이 섬에서도 고대 문명이 번성했고 지금도 땅을 파면 어디서나 유물이 나온다고 한다. 고대에는 이집트, 페니키아, 미케네 등과 활발한 교류가 있었으며 그리스의 영향을 받아 열 개의 도시국가가 있었다. 한눈에 바다를 내려다볼 수 있는 산 위에 지어 놓은 아름다운 야외극장이 있는데, 무대에서 말하는 소리가 확성기로 확대된 듯 또렷이 들리는 것이 정말 신기했다.

키프로스는 아름다움과 사랑을 상징하는 아프로디테 여신이 태어난 곳으로 유명하다. 이 여신을 로마 사람들은 비너스라고 불렀다. 아프로디테는 아들 에로스를 데리고 다니면서 화살을 쏘아 사람들이 사랑에 빠지게 하기도 하고 사랑을 배반한 자에게 벌을 주기도 한다. 아프로디테는 최초의 신 우라노스의 살점에서 태어났다. 크로노스가 아버지 우라노스에 반기를 들고 낫으로 우라노스의 성기를 쳤을 때 살점이 바다에 떨어졌다. 이 살점이 바다에 떠다니다 키프로스 해변에서 아프로디테로 태어난 것이다. 아프로디테가 태어났다는 곳에 조그마한 바위가 솟아 있는데 이 바위섬을 헤엄쳐 열두 바퀴 돌면 아프로디테처럼 아름다워진다고 한다. 이곳에 가면 지금도 이 주위를 헤엄치는 여자들을 볼 수 있다.

키프로스에는 아도니스라는 잘생긴 왕자가 있었다. 아프로디테는 이 미소년에게 반하였고 둘은 서로 열렬히 사랑하게 되었다. 그런데 사냥을 좋아하던 아도니스가 어느 날 늦게까지 돌아오지 않았다. 아프로디테는 온 키프로스를 헤매며 아도니스를 찾았다. 자기 신발이 벗겨져 발에서 피가 나는 줄도 모르도록 넋이 나간 아프로디테는 죽어 가고 있는 아도니스를 발견했다. 사냥 중에 멧돼지에 받쳐 큰 상처를 입은 것이다. 아프로디테는 아도니스를 끌어안고 울었지만 아도니스는 그녀의 품에서 숨을 거두고 말았다. 아프로디테는 슬픔을 이기지 못하고 하루 종일 숲 속을 헤매며 울었다고 한다. 이렇게 땅에 떨어진 아프로디테의 눈물은 아네모네라는 꽃이 되었다. 그리고 아도니스의 핏방울은 장미를 붉게 물들였다. 그때까지 장미는 흰색이었는데 아도니스의 죽음으로 붉은 장미가 탄생한 것이다. 붉은 장미가 사랑의 상징이 된 것은 아도니스 신화에서 유래한 것이 아닌가 싶다.

세월의 풍랑

마케도니아는 쇠퇴하고 로마가 번성하기 시작했다. 그리스의 대부분이 로마에 의해 정복되기 시작하였으며 기원전 146년에는 마케도니아도 로마에 멸망했다. 아테네는 기원전 86년에 로마에 정복되었다. 마케도니아를 계승한 왕조 중의 하나인 이집트의 프톨레마이오스 왕조는 기원전 30년 클레오파트라와 안토니우스의 사랑 이야기를 마지막으로 로마에 정복되었다.

로마에 정복된 후에도 그리스의 문화는 한동안 계속 번창했다. 로마인들이 아테네의 선진 문화를 배우고자 했던 것이다. 기원 후에는 사도 바울로가 선교 활동을 위하여 코린트(고린도), 데살로니카, 필리피(빌립보) 등 그리스 지역에서 많이 활동했다. 사도 요한은 에게 해의 파트모스 섬에서 「요한계시록」을 썼다고 전해진다. 신약성서가 그리스가 로마에 패망한 기원 후에 쓰였음에도 불구하고 그리스어로 기록된 것을 보면 그리스가 로마의 지배에 들어간 후에도 당시 그리스어가 지중해 전역에서 국제어로 계속 통용되고 있었음을 알 수 있다.

그러나 4세기에 이르러 기독교가 공인된 이후 고대 그리스 문화는 이교도 문화라 하여 배척되기 시작했다. 올림픽 경기도 금지되었고 델포이도 버려졌다. 그리스 전역에 세워졌던 신전을 비롯하여 많은 문화유적들이 파손되었다. 아름다운 조각들은 우상이라고 하여 목을 자르고 코를 깨 부셨다고 한다. 이 시기에 고대 그리스인들이 이루어 놓은 많은 유형, 무형의 문화유산들이 유실되었다고 하니 너무나 안타깝다.

십자군 전쟁 중에 유럽과 중동의 길목에 위치한 그리스는 많은 피해를 당했다. 십자군 중에는 유럽 본토에서 처벌을 피해 지원한 범죄자들도 많았다. 이들은 그리스를 통과하면서 약탈과 강간 등 온갖 악행을 서슴지 않았다. 그리고 십자군은 콘스탄티노플에 있던 정교 본부를 공격하기도 하였다. 이것은 그리스정교회가 가톨릭과 반목하게 된 이유 가운데 하나이다.

르네상스라는 문예부흥 운동이 일어날 때까지 고대 그리스인들이 이루어 놓은 찬란한 문화는 사람들의 관심에서 멀어지기 시작했다. 중세의 기독교는 독선에 빠져 있었다. 독선이 있는 곳에서 창조나 발전은 기대하기 어렵다. 이 시기를 역사가들은 중세 암흑기라고 부른다.

15세기 중엽 동로마 제국이 멸망하면서 그리스는 이슬람국 오스만 제국의 지배를 받게 되었다. 그리스의 많은 문화유산이 이스탄불에서 발견되는 것은 400년간의 오스만 터키 지배 아래에서 그리스 문화유산이 얼마나 많이 약탈되었는지를 잘 보여 준다. 그리스 신전의 아름다운 대리석 기둥들이 이스탄불의 지하 저수지 건축에 사용된 것이다. 너무나 안타까운 현실이다. 베네치아 공화국과 오스만 터키가 그리스에서 싸우던 17세기는 아테네에 최악의 시기였다. 파르테논 신전이 파괴된 것도 바로 이 전쟁 중이었다. 이때부터 아테네는 인구가 1만 명에 불과한 조그마한 항구 도시로 전락했다.

런던의 대영박물관이나 파리의 루브르 박물관을 방문한 사람은 이곳에 얼마나 많은 그리스 유물이 전시되어 있는지 잘 알 것이다. 건물 전체를 옮겨 놓은 것들도 있다. 그리스 문화재를 보려면 런던이나 파리로 가라는 말이 있을 정도이다. 현재 남아 있는 파르테논 신전의 조각 중에 절반 이상이 대영박물관에 보관되어 있다. 그리스는 조각의 아름다운 원래 모습을 복원하기 위해 영국에 반환을 요구하고 있는 중이다.

고대 그리스인들의 문화유산은 기나긴 세월의 풍랑에 무너져 내리고 인간에 의해 파괴되기도 하고 외국에 빼앗기기도 했다. 그리스에 남아 있는 폐허 같은 유적이나 깨져 버린 조각품들은 2,000년이 넘도록 긴 세월을 용하게도 잘 버텨 온 것들이다. 아름다운 건축물과 조각들, 그리고 주옥 같은 문학 작품과 피땀어린 연구 서적들이 그대로 보존되어 있었으면 하는 아쉬움은 많지만 어찌하랴. 그 위대한 신들도 자기 신전 하나 제대로 지키지 못하지 않았던가? 얼마 전 아프가니스탄의 탈레반 정부가 불교 유적을 파괴한 일이 있었는데 전 인류가 분노한 기억이 생생하다. 이라크 전쟁 중에는 바그다드 박물관의 귀중한 유물들이 도난당하여 우리를 안타깝게 했다. 다시는 이런 일이 없어야만 하겠다.

. 진정한 대중문화의 유산

나는 그리스에 부임한 후 꽤 많은 고대 유적지를 둘러보았다. 학창 시절부터 익히 들어 온 유명하다는 곳은 대부분 돌아본 셈이다. 너무나 오래된 것들이다 보니 대부분 폐허가 되어 있었고 온전한 것은 거의 없었다. 내가 처음 그리스에 도착했을 때 그리스에는 돌 더미밖에 볼 것이 없다는 직원들의 푸념이 생각났다.

그렇게 1년이 되어 갈 무렵 나는 첫 휴가를 이집트로 떠나게 되었다. 내가 고고학이나 고대 문명에 관심이 있어서 이집트를 택한 것은 아니었다. 나는 오히려 고대 문명에 대해 흥미를 잃어버린 상태였다. 그것은 우연이었다. 그리스에 긴 부활절 휴일이 다가오자 이집트 대사가 자기 나라를 선전할 목적으로 아테네에 있는 대사들을 상대로 단체 관광 상품을 선보였다. 가격이 적절하기도 했지만 여러 대사들과 함께 여행한다면 서로에 대한 이해를 넓힐 수 있는 기회기에 선뜻 이집트 관광에 나서게 된 것이다. 카이로에 도착한 후 잠시 자유 시간을 이용하여 우리 대사관 직원들을 찾았다. 그들이 찬란했던 고대 이집트 문명에 대해 자세히 설명해 주었다. 그러면서 이집트 문명이 인류 문명의 뿌리라고 은근히 자랑하였다. 외교관들은 누구나 자기가 근무하는 나라에 대해 호감을 갖기 마련이다.

이집트에서는 기원전 3500년경부터 문명이 발달했다. 메소포타미아, 인도의 인더스 강 유역, 중국의 황하 유역과 함께 세계 4대 문명의 발생지 중의 하나다. 정말 고대 이집트 문명의 유적은 대단하다. 카이로에는 기원전 2560년경에 지어진 피라미드가 있는데 높이가 145미터나 되고 건축에 소요된 돌이 600만 톤에 이른다고 한다. 각 변의 길이가 250미터가 되는데 오차가 불과 20센티미터 이내라고 하니 당시 기하학의 수준을 짐작할 수 있다. 고대 이집트에서 시체를 보존하기 위

이집트 왕릉 벽화

옛 테베의 북쪽 절반이 카르나크 유적지인데 특히 웅장한 아몬 대신전 등으로 유명하다. 이곳은 신전들의 복합체라고 할 수 있으며, 주로 기원전 13세기 아멘호테프 3세에 의해 건축되었다.

해 널리 유행했던 미라는 고도의 인체 해부술을 필요로 한 것이었다.

고대 이집트는 고왕국, 중왕국, 신왕국으로 이어져 내려왔는데 기원전 526년 페르시아에 정복될 때까지 번성하였다. 우리는 나일 강을 따라 경이로운 유적을 구경할 수 있었다. 룩소르는 기원전 1567년부터 1035년까지 이집트 신왕조의 수도였다. 룩소르 근처에 있는 카르나크 유적지의 아몬 대신전이나 왕릉의 벽화 등은 그 옛날의 것이라고 도저히 믿어지지 않을 정도로 웅장하고 정교하다. 시기적으로 그리스보다 훨씬 앞서 있으면서도 정교함에 있어서 그리 뒤지지 않을 뿐만 아니라 규모는 오히려 더 크고 화려하다. 고대 이집트인들의 건축 기술은 상상을 초월한다. 안내원의 설명이 없으면 전혀 뜻을 알 수 없는 상형문자가 빽빽이 새겨져 있었다. 그리스에서 예술과 학문이 발전할 수 있었던 것도 이집트인들이 "파피루스"라는 종이를 발명해 준 덕택이었다. 그 옛날 호랑이 담배 피우던 시절에 이미 종이와 문자가 있었다니 그저 감탄할 뿐이었다. 이집트를 거쳐 그리스를 방문하는 관광객이 실망하는 것을 여러 번 본 일이 있었는데 그 이유를 알 것 같았다. 정말 유익한 여행이었다. 같이 여행한 다른 나라 대사들과 친분을 쌓는 데 좋은 기회였고 흥미로운 체험이기도 했다. 안내원의 자세한 설명 덕분에 이집트 역사를 다시 공부한 기분이었다. 역시 이집트구나 하면서 아쉬운 마음으로 카이로를 떠났다.

나는 그리스에 돌아온 후에 현대 문명의 발생지를 이집트라 하지 않고 왜 그리스라고 하는지를 곰곰이 생각하기 시작했다. 고대 유적지를 둘러보는 기회는 자주 있었다. 이런저런 행사에도 참석했고 때로는 국내에서 오는 손님들에게 그리스 역사를 직접 설명해 주기도 했다. 처음에는 이처럼 실용적인 이유로 그리스 역사나 신화를 접하기 시작했는데, 시간이 지나면서 좀 더 알아 갈수록 더욱 그리스 문화에 대해 호기심이 생겼다. 고대 그리스 문화에 대한 소양은 그리스 사람들을 사귀는 데에도 필요했다. 누구든지 자기가 자랑스럽게 생각하는 문제를 화제에 올리는 것을 좋아한다. 그리스 사람들은 고대 그리스의 찬란한 문명에 대한 자부심이 대단하다. 고대 그리스를 화제에 올리기만 하면 끝 모르고 계속 이야기를 했다. 배우기도 하고 친구도 사귈 수 있으니 꿩 먹고 알 먹는 격이다.

그러던 어느 날 나는 이집트 유적과 그리스 유적 사이에 확연히 다른 점을 알게 되었다. 무슨 굉장한 진리를 깨닫기라도 한 듯이 경이로웠다. 이집트의 유적은 대부분 왕의 무덤과 신전이다. 이집트 신전은 그리스 신전과 달리 왕을 위한 것이다. 모든 것이 절대 권력 또는 왕의 위엄과 관련이 있다. 그러나 그리스의 유적은 민중의 문화다. 야외극장, 스타디움, "아고라"라고 하는 시장 터는 물론이고 올림포스 신들은 평범한 백성들과 함께 어울렸고 신전 또한 왕을 위한 것이 아니라 일반 시민을 위한 것이다. 그렇다. 대중문화, 바로 그것이다. 그리스는 민주주의의 발상지가 아니던가? 그리고 지금 우리가 새로운 사회를 건설하겠다는 것도 우리나라에 진정한 민주주의를 꽃 피워 보겠다는 것이 아닌가!

　세계 어디를 둘러보아도 최근까지의 유적이 대부분 절대 권력의 상
징물들이다. 그러나 이삼천 년 전의 고대 그리스 유적이 민주주의와
대중문화를 꽃 피운 것들이라는 사실은 나로서는 새로운 발견이었다.
그후로 나는 고대 그리스인들의 정신세계에 관심을 갖게 되었다. 허
물어진 돌 더미 속에 그들의 철학이 서려 있고 전설 같은 신화 속에
그들이 고민했던 정신이 깃들어 있는 것이다.

신화 이야기

신화 이야기

이성은 양보와 타협을 이루는 힘이다
프로메테우스의 해방과 오디세이아 정신

창조적인 그리스 신화

그리스를 여행하다 보면 어디를 가나 신화 이야기가 풍성하다. 산과 도시는 물론이고 조그마한 샘물에도, 바위에도, 아름다운 꽃의 이름에도 신과 얽힌 이야기가 등장한다. 지역의 이름이나 바다의 이름에도 신이 등장한다. 그리스인들이 처음 시작한 각종 정치, 사회 제도에도 거의 예외 없이 신의 역할이 등장한다.

예나 지금이나 자연은 변함 없이 아름답다. 그러나 자연현상에 대한 과학적 지식이 없었던 고대인들에게는 자연이 너무나 두려운 존재이기도 했다. 자연이 가져다 주는 엄청난 재앙과 아름다움은 연약한 인간에게 희로애락을 가져다 주는 생의 원천이기도 했다. 사람은 왜 죽어야 하는가? 죽은 후에는 어떤 세상이 우리를 기다리고 있는가? 자기도 주체할 수 없는 사랑은 어디에서 생기는 것일까? 우리 마음속에 왜 미움과 증오가 생기는 것일까? 우리 모두가 평화를 원하는데 왜 전쟁이 일어나는 것일까? 자연현상에 대한 지식의 부족과 인생에 대한 의문은 고대 인간의 풍부한 상상력을 키워 주었다. 상상력이 만들어 낸 신화 속에는 자연, 인생, 그리고 세계에 대한 비전과 인간의 삶이 녹아 있었다. 이처럼 우리 인간이 만들어 낸 이야기 중에서 그리스 신화는 가장 아름다운 문학으로 기록되고 있다.

그리스 신화는 대부분 미케네 시대, 그러니까 지금으로부터 3,000년 이전부터 내려오는 것들이다. 그리스 신화는 워낙 방대하고 무궁무진해서 그것을 다 이해한다는 것은 불가능해 보일 정도다. 물론 굳이 이해하려고 노력할 필요는 없다. 우리 인간 사회에서 일어날 수 있거나 인간이 상상할 수 있는 거의 모든 사건들이 총망라된 것이라 할 수 있다. 구전되는 과정에서 지역에 따라 내용이 약간씩 변하기도 하고 로마인들에 의해 변경되기도 했으며 서로 모순되는 경우도 있다.

그리스에 문자가 들어온 것은 기원전 15세기라고 하는데 해독이 가능한 현재의 문자가 사용된 것은 기원전 8세기다. 기원전 9세기에 지금의 레바논 지방인 페니키아에서 사용하기 시작한 스물두 개로 구성된 소리글자가 그리스에 전래된 것이다. 이 문자가 알파벳의 기원이다. 이때부터는 비교적 자세한 기록이 남아 있다. 고대 신화는 기원전 8세기부터 시인들에 의해 기록되었고 기원전 5세기경부터는 소포클레스, 에우리피데스 등 극작가에 의해 희곡의 소재가 되었다. 이러한 기록을 바탕으로 비교적 생생하게 고대 그리스 신화를 경험할 수 있다.

그러나 모든 기록이 다 보존되어 있는 것은 아니다. 기원전 사오 세기에 1,000여 편의 희곡이 쓰였다고 하는데 이중에 보존되어 전해지는 것은 불과 50편에 불과하고 대부분은 유실되었다. 고대 그리스인들의 기록은 지금도 계속 발굴되고 있다. 고대 그리스 사람들이 파피루스에 남겨 놓은 기록이 이집트의 미라에서 많이 발견되는 것은 흥미롭다. 파피루스가 미라를 만드는 데 사용되었기 때문이다. 오늘날로 말하면 신문지나 헌책을 사용하여 포장한 물건이 땅에 묻혔다가 수천 년이 지난 후 발견되어 오늘날의 기록이 전해지는 것과 같은 것이다.

현재 그리스에 남아 있는 유적으로 보아 신전 건축은 기원전 7세기부터 시작되었고 기원전 6세기경에는 그리스 전역에 신전이 세워졌다. 고대인들은 동네마다 이 신전에 모여 공동으로 제사를 지내고 시가 행진, 연극 경연, 체육 대회, 시 낭송 대회 등의 축제를 즐겼다. 신화가 주요 소재가 되었다고 하니 그만큼 신화가 고대 그리스인들의 삶과 생각에 얼마나 큰 영향을 끼쳤는지 알 수 있을 것이다.

그리스 신화에 등장하는 인물 중에는 고고학자들에 의해 실존 인물로 확인되는 경우가 허다하다. 먼 옛날에 실존 인물의 이야기가 구전되는 과정에서 과장되고 신비화되면서 신화가 된 것일지도 모른다. 신화와 역사가 함께 공존하던 호랑이 담배 피우던 시절의 이야기다. 유한의 생명을 가진 인간이 만들어 낸 불멸의 신들은 사라지고 그 자리에 인간의 상상력이 만들어 낸 불멸의 작품이 남게 되었다는 것은 역설일까? 그리스 사람들도 잘 모르는 신화들이 많다. 그리스 사람들은 신화를 꾸며낸 민족으로서가 아니라 역사와 문화를 창조해 낸 민족으로서 인정받기를 원한다. 역사와 문화를 창조한 원천으로서 신화를 이해하고자 하는 것이다. 앞서 그리스의 유적을 둘러보면서 일부 관련 신화를 소개했는데 여기서는 특히 그리스인의 정신 세계를 엿볼 수 있는 이야기를 선별하여 엮어 보았다.

대홍수에서 살아남은 그리스인의 조상

제우스가 아버지 크로노스에 반기를 들자 신들이 두 편으로 나뉘어 전쟁이 일어났다. 시간의 신 크로노스는 자식이 태어나는 대로 모두 삼킨 것으로 유명하다. 그리스 사람들은 시간은 무엇이든지 먹어 삼킨다고 해석한다. 시간이 지나면 해결되지 않는 것이 없다는 뜻이다. 한편 크로노스 편을 구세대라고 한다면 아들 제우스 진영은 신세대인 셈이다. 구세대의 신들은 크로노스와 함께 아버지 우라노스(하늘)를 몰아냈던 티탄들이다. 그러나 크로노스의 폭정에 반기를 들고 제우스를 도운 티탄도 있었으니 개혁파인 셈이다. 프로메테우스는 불의를 참지 못하는 정의감이 강한 티탄이었다. 그는 제우스의 친구가 되어 크로노스에 대항했다.

전쟁에서는 무엇보다도 승리가 목표다. 다른 것은 생각할 여유조차 없다. 제우스가 승리를 거두고 다시 평화가 찾아오자 신들 사이에 인간을 어떻게 다루어야 하는 문제를 놓고 갈등이 표출되었다. 절대 권력은 절대로 부패한다는 사실이 신들의 세계에도 적용되는 진리였던 것이다. 제우스는 인간의 복지에는 별로 관심이 없었고 화려한 제사를 받는 데에만 열중했다.

반면 정의감이 강한 프로메테우스는 인간을 끔찍이 사랑한 신이었다. 프로메테우스는 미래를 볼 줄 아는 유일한 신이기도 하다.(그의 이름은 "미리 생각하는 사람"이라는 뜻이다.) 미래가 보이면 신념이 확고해지는 것인가? "아름답고 선한 것은 희생 없이는 이루어질 수 없다." 프로메테우스는 입버릇처럼 이렇게 떠들고 다녔다.

프로메테우스에게 제우스의 뜻은 안중에도 없었다. 사랑이 많은 그에게는 인간을 기쁘고 행복하게 해 주는 것이 최고의 과제였다. 신들 중에는 아테나, 데메테르, 헤파이스토스 등 인간을 사랑한 신들이 많이 있었으나 제우스의 뜻을 거스를 수는 없었다. 그러나 프로메테우스는 신에게만 허용되었던 불을 인간에게 선사하였다. 덕분에 인간의 생활은 혁명적으로 향상되었다. 그는 인간 세계를 괴롭히는 죄악, 기아, 증오, 질병, 보복 등을 모아 항아리에 넣고 가두어 버렸다. 인간은 고통과 질병을 모르고 평화롭고 화목하게 지낼 수 있게 된 것이다.

제우스는 자기의 뜻에 거역하는 프로메테우스에게 화가 났다. 인간으로부터 불을 빼앗아 다시 올림포스 산정으로 가져왔다. 그리고 판도라를 보내어 항아리를 열도록 하여 죄악, 기아, 질병 등을 다시 인간 세계에 퍼뜨렸다. 인간은 다시 고통과 불행 속으로 떨어졌다. 그러자 프로메테우스는 올림포스 궁전에서 불을 훔쳐 다시 인간에게 돌려주었다.

제우스는 더욱 분개했다. 그래서 오만해지고 자만에 빠진 인간을 완전히 없애 버리기로 작정했다. 대홍수를 일으켜 깨끗이 쓸어 버릴 계획을 세운 것이다. 이 사실을 알아낸 프로메테우스는 데우칼리온에게 커다란 방주를 만들어 아내와 함께 모든 동물 한 쌍씩을 태우도록 준비시켰다. 제우스가 엄청난 비를 내려 온 세상이 물에 잠기도록 했는데 올림포스 산과 파르나소스 산꼭대기만 물에 잠기지 않았다고 한다. 이렇게 프로메테우스의 도움으로 겨우 살아남은 데우칼리온의 자식이 바로 그리스인의 조상 헬렌이다. 우리의 단군에 해당하는 시조인 것이다. '헬라스'라는 그리스의 이름이 여기에서 유래하는 것이며 지금도 그리스는 "헬레닉 공화국Ellinikí Dimokratía"이라는 정식 국명을 갖고 있다. "그리스"는 후에 로마 사람들이 붙인 이름이다.

화가 난 제우스는 신의 불을 훔친 죄로 프로메테우스에게 엄청난 벌을 내렸다. 프로메테우스는 카프카스의 바위 절벽에 쇠사슬로 묶인 채 비바람과 추위에 시달리면서 고독하게 지내야 했다. 제우스의 처벌이 너무 지나치다고 생각하는 신들도 있었으나 어찌할 수가 없었다. 프로메테우스는 자신이 하던 일을 아테나에게 맡겼다. "나는 인간을 사랑한 죄밖에는 없다." 그는 겸손하고 외롭게 제우스의 벌을 받아들였다.

한편 헤라의 질투를 피해 도망가던 제우스의 연인 이오가 있었다. 카프카스를 지나던 이오에게 프로메테우스가 말했다. "당신의 후손이 나를 풀어 줄 것이오. 그리고 제우스가 땅 속으로 쫓겨날 날이 올 것입니다. 제우스가 이를 피할 수 있는 비밀을 아는 것은 나뿐입니다."

프로메테우스

프로메테우스는 신에게만 허락된 불을 훔쳐서 인간에게 준다. 그 죄로 카프카스 절벽에 쇠사슬로 묶인 채 프로메테우스는 날마다 독수리에게 간을 쪼이는 벌을 받아야 했다. 미래를 볼 수 있는 프로메테우스는 이 고통을 의연히 받아들였다. (프랑스 상징주의 화가 귀스타브 모로의 그림. 1868년)

그리고 고통에 대한 최고의 약은 인내라고 하면서 결의를 다졌다. 조금 후에 제우스의 심부름꾼 헤르메스가 나타났다. "지금 뭐라고 했지? 제우스가 쫓겨나? 그리고 피할 수 있는 비밀을 알고 있다고 했나?" 헤르메스가 다그쳤다. 헤르메스도 프로메테우스가 미래를 볼 수 있다는 것을 잘 알고 있었다.

"그 비밀이 무엇이냐?" 헤르메스는 재촉했다. "입을 열지 않으면 더욱 혹독한 벌이 기다릴 텐데!" 헤르메스는 위협해 보기도 했다.

프로메테우스는 냉정했다. "불의는 오래가지 못합니다. 나는 인간을 사랑하고 불의에 저항한 죄밖에는 없소. 나는 지금 부당하게 처벌받고 있지만 진정 처벌받아야 하는 것은 제우스요. 그리고 머지않아 그 처벌이 실현될 것이오. 제우스가 사랑으로 다스릴 때에만 그 비밀을 알려 줄 수 있다는 것을 명심하오."

"무엇이 정의이고 불의인가? 그것은 제우스의 의중에 달려 있어! 제우스의 뜻을 거역하는 것이 최고의 죄악이라는 것을 모른단 말이오?" 헤르메스가 물었다.

프로메테우스가 대답했다. "그렇지 않소. 나는 그것을 절대로 받아들일 수 없소. 인간들이 제우스에게 무슨 죄를 지었지요? 제우스는 왜 인간들을 그렇게 혹독하게 다룹니까? 사랑만이 아름다움을 창조할 수 있습니다. 증오는 증오를 낳을 뿐이오."

"당신은 제우스의 지배를 거역하고 있소. 그것은 반역이오. 곧 당신의 죄 값을 받게 될 것이다. 나를 원망하지 마시오." 헤르메스는 이렇

제우스와 테티스

테티스는 아버지보다 더 강한 아들을 낳을 운명을 지닌 여신이다. 테티스가 제우스의 아들을 낳는 다면 제우스는 땅 속으로 쫓겨날 것이다. 프로메테우스로부터 이러한 경고를 들은 제우스는 테티 스를 단념할 수밖에 없었다. (프랑스 신고전주의 화가 장 오귀스트 도미니크 앵그르의 그림. 1811년)

게 내뱉고는 떠나 버렸다.

프로메테우스에게는 더욱 고통스러운 형벌이 가해졌다. 매일같이 독수리가 나타나 살을 쪼기 시작한 것이다. 밤새 조금 상처가 낫는 듯하면 다음 날 여지없이 또 독수리가 나타나 같은 상처를 파먹었다.

하늘에는 평화, 땅에는 사랑

시간이 지나면서 인간을 혹독하게 다루던 제우스는 대홍수 후에 새로 태어난 데우칼리온의 후손들에게 호감을 갖게 되었다. 그러자 아테나가 주축이 되어 데메테르, 헤파이스토스 등 여러 신들이 인간을 도와주었다. 인간의 세계에도 많은 변화가 생겼다. 신과 인간은 함께 어울리기 시작했다. 같이 식사도 하고 술도 마시고 서로 사랑하기도 했다. 신과 인간 사이에서 아이가 태어나기도 했다. 이렇게 태어난 신의 자식은 인간보다는 체력과 재능, 아름다움이 월등했지만 생명은 유한했다. 신들은 인간의 기쁨과 슬픔을 함께 나누었다. 인간은 신을 진정으로 찬양했다. 제우스는 이러한 변화를 기쁘게 받아들였다.

프로메테우스도 새로운 변화의 흐름을 보았다. "나는 제우스를 더 이상 증오하지 않습니다. 우리는 친구가 되어 정의를 위해 함께 싸웠었습니다. 제우스가 인간의 친구가 되었으니 다시 내 친구가 된 것입니다. 맹목적인 완고함은 이성의 적입니다. 이제 제우스에게 비밀을 알려 줄 때가 된 것 같습니다."

새로운 시대를 예고하는 대 사건이 아닐 수 없었다. 멀리서 헤라클레스가 날아오고 있었다. 같은 시간에 헤르메스도 오고 있었다. 프로메테우스는 헤르메스에게 말했다. "이제 더 이상 나에게 사정하거나 협박할 필요가 없소. 제우스에게 비밀을 알려 줄 때가 되었군. 그리고 내가 자유롭게 풀려날 때도 된 것 같군."

"제우스는 당신이 이 바위에 영원히 묶여 있도록 명령했소. 제우스의 명령은 절대로 번복될 수 없다는 것을 모르오?" 헤르메스가 물었다.

"제우스가 방법을 찾아 주겠지요." 프로메테우스가 웃으며 대답했다. "제우스는 테티스를 사랑하면 안 됩니다. 테티스는 아버지보다 더 강한 아이를 낳을 운명을 타고났습니다. 제우스보다 더 힘센 신이 태어난다면 어떤 일이 벌어질지 잘 알 것이오. 이 말을 제우스에게 전하시오." 프로메테우스의 말이 떨어지자마자 헤르메스는 황급히 떠나 버렸다.

헤르메스가 떠나자 헤라클레스가 나타났다. "인간의 친구를 영원히 여기에 묶어 두라고 명령한 신은 아무도 없었습니다." 그리고 프로메테우스를 바위에 묶고 있는 쇠사슬을 끊기 시작했다. 어디서 나왔는지 헤라클레스의 힘은 상상을 초월했다. 프로메테우스는 곧 자유의 몸이 되었다. 제우스는 무엇이든지 만들 수 있는 헤파이스토스를 시켜 프로메테우스를 결박했던 바위 돌을 넣은 반지를 만들었다. 그리고 프로메테우스의 손가락에 끼워 주었다. 그렇게 하여 "바위에 영원히 묶여 있도록 하라."는 제우스의 명령은 지켜진 것이다. 이것이 반지의 유래라고 한다. 그래서 결혼할 때면 신랑과 신부가 반지를 교환

하면서 부부가 서로에게 영원히 묶여 있으라는 뜻을 되새기게 된다.

최초의 신 우라노스는 아들 크로노스에 의해 축출되었고 크로노스 또한 아들 제우스에 의해 권좌에서 물러났다. 제우스보다 더 강한 신이 태어나면 제우스의 운명도 불을 보듯 뻔하다. 신들의 싸움이 또 일어난다면 이 세상은 어떻게 될까? 상상하기조차 어려운 천재지변이 닥칠 것이다. 테티스는 아버지보다 더 강한 아이를 낳을 운명을 가졌다. 그러나 이러한 사실을 모르는 바람둥이 제우스는 테티스에 눈독을 들이고 있었다. 프로메테우스의 충고를 전해 들은 제우스는 그녀를 단념하지 않을 수 없었다. 이렇게 하여 아무도 모르게 잉태되었던 대재앙을 피할 수 있었다.

프로메테우스는 다시 제우스의 친구가 되었다. 그리고 신들의 전쟁도 완전히 끝나고 신들의 세계에도 평화가 찾아왔다. 그리고 인간의 세계에 사랑이 넘치게 된 이 사건이야말로 그리스 신화에서 얼마나 중요한 전환점인지 모른다. 영국의 주간지 《이코노미스트》는 그리스에 대한 특집을 게재하면서 표지에 "프로메테우스의 해방"이라는 제목을 달았다. 나는 처음엔 그 뜻이 무엇인지 이해하지 못했는데 이제야 프로메테우스의 해방이 그리스 신화에서 갖는 의미를 알게 되었다.

데메테르의 눈물

전무후무한 신들의 전쟁은 그야말로 대재앙이었다. 온 세상은 황폐해졌고 사람들도 대부분 죽었다. 고래 싸움에 새우 등 터진다고 애꿎

페르세포네

데메테르가 딸 페르세포네를 되찾아 달라고 제우스에게 간청하자, 제우스는 페르세포네가 지하 세계의 음식을 먹지 않았다면 데려오겠다고 제의한다. 그러나 미리 귀띔을 받은 하데스는 페르세포네를 달래어 석류를 먹게 하였다. (영국 화가 단테 가브리엘 로제티의 그림. 1874년)

은 사람들만 무수히 희생되었다. 폐허 속에서 겨우 살아남은 사람들도 고통스러운 나날을 보내야만 했다. 세상을 평정한 제우스가 제일 먼저 해야 할 일은 이 대재앙의 황폐로부터 세상을 복구하는 일이었다. 제우스는 데메테르 여신에게 산과 들을 다시 푸르게 하고 열매와 곡식이 풍성하게 열리도록 하는 임무를 주었다. 데메테르는 인간을 사랑한 신이었으니 가장 적임자를 선택한 것이다. 이리하여 데메테르는 농업의 신이 되어 인간에게 씨를 뿌려 농사 짓는 방법을 가르쳐 주었고, 산과 들은 다시 생기를 되찾았다. 데메테르에게는 전쟁의 신 아레스가 눈엣가시였다. 공들여 가꾸어 놓은 평화로운 들판을 심심하면 한 번씩 뒤엎어 버리는 것이 아레스였다. 신들은 인간에게 재앙이 없으면 신을 잊어버리고 두려워하지 않는다고 생각했던 모양이다.

새로운 왕궁을 짓기 위해 많은 나무를 베는 왕이 있었다. 신하들이 숲의 아름다움이 사라지고 황폐화되는 것을 걱정하여 만류해 보았으나 왕은 들은 척도 하지 않았다. 심지어 많은 사람들이 신성시하는 100년 된 참나무까지 베어 오도록 지시했다.

"모든 사람들이 아름다움은 찬양하지만 사치를 칭송하지는 않습니다. 새 왕궁을 짓기 위해 아름다운 숲을 해치는 것은 옳지 않습니다. 데메테르의 화를 불러올까 두렵습니다." 한 노예가 이렇게 간청했다. 그러나 왕은 이 노예를 그 자리에서 처형하고 참나무를 베어 버렸다.

데메테르는 이 왕에게 배고픔의 벌을 내렸다. 먹어도 먹어도 배가 고픈 것이다. 자다가도 일어나 먹어야 하고 쉬지 않고 먹어도 배가 고팠다. 결국 왕은 모든 재산을 먹는 데 탕진했으며 마지막 남은 딸까지 노예로 팔아 치웠으나 결국 굶어 죽었다고 한다. 데메테르는 아름다운 숲을 해치면 굶주리게 될 것이라는 교훈을 남겼다. 인간의 끝없는 탐욕을 만족시키기 위해 환경을 해치는 것을 경계하기 위한 것이었으리라.

데메테르가 평화로운 들판을 거닐고 있던 어느 날 가냘픈 목소리가 들려왔다. "어머니, 살려 주세요." 하나밖에 없는 딸 페르세포네의 목소리임에 틀림없었다. 데메테르는 온 세상을 헤매며 딸을 찾았으나 흔적도 보이지 않았다. 수소문 끝에 죽음의 세계를 책임지고 있는 하데스가 납치해 갔다는 사실을 알게 되었다.

하데스는 캄캄한 지하 세계를 맡고 있는 것에 대해 늘 불만이었다. 게다가 아내도 없이 홀아비 신세였다. 대재앙으로 수없는 사람들이 한꺼번에 밀려 들어오니 지하 세계는 더욱 북적거렸다. 그만큼 일도 많아졌다. 하데스는 제우스에게 홀아비 신세를 면해 달라고 요청했다. 제우스가 듣기에도 일리가 있는 불평이었다. 제우스는 생각 끝에 자신의 딸 페르세포네를 하데스에게 시집 보내기로 결심했다. 페르세포네는 제우스가 데메테르에게서 낳은 딸이었다. 제우스의 승낙이 떨어지자마자 성질 급한 하데스는 페르세포네를 납치하여 지하 세계로 데리고 내려간 것이다.

데메테르는 제우스에게 구원을 요청했다. 제우스는 시치미를 떼고는 만약 페르세포네가 지하 세계의 음식을 먹지 않았다면 데려오겠다고 말했다. 한편 귀띔을 받은 하데스는 페르세포네에게 이미 석류를 주어 먹게 하였다. 그리하여 하루아침에 영문도 모르고 딸을 잃은 데메테르는 슬픔에 잠겼다. 데메테르가 슬픔에 잠겨 만사를 제치자 산과 들은 또다시 황폐해 갔다. 인간들의 고통도 말이 아니었다. 제우스도 문제의 심각성을 알게 되었다. 하나밖에 없는 딸을 돌려달라는 데메테르의 애원을 계속 외면할 수 없는 제우스는 깊은 생각에 잠겼다. 제우스는 페르세포네가 1년 중에 반은 하데스와 지하 세계에서 지내고 반은 지상에서 어머니와 지내도록 타협안을 제시했다. 하데스와 데메테르는 받아들이지 않을 수 없었다. 자기의 입장만을 끝까지 고집하지 않고 모두가 만족할 수 있는 타협의 정신이 엿보인다.

만나면 반갑고 헤어지면 슬픈 것은 신들도 마찬가지다. 귀염둥이 딸 페르세포네가 엄마 곁으로 오는 봄이 되면 산과 들은 꽃을 피우고 기쁨에 넘친다. 대지가 활력과 생명력을 되찾는다. 페르세포네가 다시 캄캄한 지하 세계로 내려가면 외동딸만 바라보고 사는 홀어머니 데메테르는 우울해지고 슬픔에 잠긴다. 산과 들은 잎을 떨어트리고 다시 활력을 잃어버리고 만다. 그리고 인간들은 추운 겨울 준비를 서둘러야만 한다.

어느 곳이든 새로운 생명이 자라는 봄은 아름답기 마련이지만 그리스의 들판은 유달리 꽃이 많고 아름답다. 지중해의 강렬한 햇빛에 각양각색의 원색 꽃 사이로 나비와 벌들이 노니는 모습은 무엇인가를 축하하는 모습 같기도 하다. 우리가 견우직녀의 만남을 축하하듯 그리스 사람들은 봄이 되면 씨를 뿌리기 전에 데메테르와 페르세포네 모녀의 만남을 축하하는 축제를 가졌다고 한다. 페르세포네가 지하로 납치되어 갔다는 동굴이 있는 바로 그 자리에 데메테르 신전을 지어 이곳에서 두 모녀의 만남을 축하했던 것이다.

화해를 이끌어내는 힘

제우스와 헤라 사이에 첫 아이가 생겼다. 헤라는 올림포스 궁전의 귀여움을 독차지하게 될 첫 아이의 탄생을 생각하면 벌써부터 가슴이 설레었다. 그런데 이게 어찌된 일인가? 막상 태어난 아기는 절름발이 장애에 못생긴 남자아이였다. 모든 것에 만족하기만 한 완벽한 삶이란 신 중의 신에게도 없는 모양이다. 화가 치민 헤라는 올림포스 정상에서 에게 해 바다를 향해 아기를 집어 던져 버렸다. 질투가 많았던 헤라는 자신의 아들이 장애를 갖고 있다는 사실을 받아들일 수 없었던 것이다. 어머니의 버림을 받은 헤파이스토스는 에게 해의 화산섬에서 자랐다. 화산이 뿜어내는 뜨거운 불과 용암이 만들어 내는 온갖 모습에 매료되어 어릴 적부터 불로 쇠붙이를 녹여 온갖 물건을 만드는 기술을 연마하게 되었다. 그리하여 불의 신이 되었으며 일밖에 모르는 대장장이 신이 된 것이다.

하루는 헤파이스토스가 만든 아름다운 목걸이와 귀걸이로 치장한 여신이 올림포스 궁전의 파티에 모습을 나타냈다. 헤라는 자기보다 아름답게 꾸민 모습을 보고 누가 만든 것인지를 캐물었다. 이리하여 헤파이스토스의 명성은 올림포스 신들에게 널리 알려지게 되었다.

한편 헤파이스토스는 자식을 버린 자신의 어머니에게 보복하기 위해 특별한 선물을 준비했다. 지금까지 아무도 보지 못한 매우 화려한 의자인데 앉는 순간 보이지 않는 쇠사슬이 옥죄이도록 고안된 것이었다. 헤파이스토스는 무엇이든지 만들 수 있는 신이 되어 있었다. 선물을 받은 헤라는 버린 자식에 대한 미안한 마음도 들었지만 일단 너무나 기뻤다. 그러나 의자에 앉는 순간 쇠사슬로 묶여 버린 헤라는 비명을 질렀다. 주변에서는 그 이유를 알 수 없었다. 제우스가 헤라를 일으키려고 손을 내밀어 보고서야 보이지 않는 쇠사슬이 있음을 알게 되었다. 그러나 아무도 이 쇠사슬을 풀 수가 없었다. 제우스는 헤르메스를 보내 헤파이스토스에게 쇠사슬을 풀어 주도록 요청했다. 그러나 말을 잘하는 헤르메스도 헤파이스토스를 설득하지 못했다. 헤파이스토스는 들은 척도 하지 않았다.

"이놈을 그냥 둘 수가 없군." 화가 난 전쟁의 신 아레스가 무장을 하고는 헤파이스토스에게 가서 소리쳤다. "당장 네 어머니를 풀어 주어라. 네가 자진해서 가지 않는다면 내가 강제로 끌고 가겠다." 그러나 헤파이스토스는 꿈쩍도 않고 대장간에서 벌겋게 달아오른 쇳덩이를 들어 아레스의 머리를 향해 내던졌다. 아레스는 혼쭐이 나서 도망쳤다.

"내가 가서 데려오리다." 이런 과정을 지켜보던 술의 신 디오니소스가 미소를 지으며 말했다. 디오니소스는 즐거운 표정으로 헤파이스토스를 찾았다. 그리고 헤파이스토스에게 포도주를 권했다. 헤라 이야기는 꺼내지도 않았다. 두 신은 즐겁게 술을 마셨다. 같이 노래도 불렀다. 둘은 쉽게 친구가 되어 버렸다. 거나하게 술이 취하자 디오니소스는 헤파이스토스를 메고 노래를 부르며 올림포스를 향했다.

술에서 깨어난 헤파이스토스는 헤라를 보자 마음이 누그러져서 곧 쇠사슬을 풀어 주었고 두 모자는 부둥켜안고 울었다. 모자의 정은 신들의 세계에서도 부정할 수 없는 강한 힘이다. "과거는 과거다. 모두 다 잊어버리고 다시 시작하자." 올림포스 궁전은 축제 분위기에 휩싸였다. 그때부터 헤파이스토스는 올림포스의 일원이 되어 부모와 함께 살게 되었다. 모자의 화해를 지켜본 제우스는 너무나 기뻤다. 그렇지 않아도 불행한 헤파이스토스만 생각하면 가슴이 아팠었다. 제우스는 이 참에 헤파이스토스에게 가장 아름다운 아프로디테를 아내로 주었다. 이리하여 미의 여신이 가장 못생긴 절름발이와 한 쌍이 된 것이다.

술은 우리가 서로 마음을 열게 하고 화해하도록 해 준다. 그래서 사교장에서는 술이 빠지지 않는다. 나는 언젠가 외교단 모임에서 술에 대한 농담을 들은 일이 있다. 누군가 낙타와 외교관의 차이가 무엇인지 아느냐고 물었다. 낙타는 마시지 않고 닷새를 걸을 수 있고, 외교관은 걷지 않고 닷새를 마실 수 있다고 하여 다 함께 웃은 일이 있었다. 술을 잘하는 것이 외교관의 자질이라고 한다면 나는 일찍이 불합격을 맞았을 것이다. 술은 즐겁게 마시며 서로가 마음을 열고 과거의 섭섭함이 있으면 화해로 풀어 버리기 위해 마시는 것이다. 그리스 사람들은 파티를 좋아하고 술을 즐긴다. 지중해 문화가 그러했다. 그러나 나는 그리스에서 술에 취해 비틀거리는 사람을 본 기억은 없다.

술의 신 디오니소스는 제우스와 테베의 공주 세멜레 사이에서 태어났다. 세멜레의 뱃속에 제우스의 아이가 자라고 있다는 것을 안 헤라는 이번에도 가만히 있을 수 없었다. 헤라는 노파의 모습으로 세멜레에게 접근하여 아이의 아버지가 정말 제우스가 맞냐고 물었다. 헤라는 의구심이 생긴 세멜레를 꼬드겨서 아기 아빠에게 신의 본모습을 보여 달라고 조르도록 부추기었다. 헤라의 말에 자극을 받은 세멜레는 인간의 모습으로 나타난 제우스에게 한 가지 소원을 들어 달라고 간구한다. 제우스는 무슨 소원이든지 모두 들어주겠다는 약속을 해 버리고 세멜레는 신의 본모습으로 나타나 달라고 부탁한다. 제우스가 난감해하자 의심이 생긴 세멜레는 더욱 졸랐다. 제우스도 일단 수락한 약속을 거절할 수는 없었다. 어쩔 수 없이 제우스는 눈부신 광채와 번개로 무장된 신의 모습을 보였고 순간 세멜레는 타죽고 말았다. 세멜레가 죽으면서 6개월밖에 안 된 아기가 태어났다. 제우스는 이 아기의 생명을 구하기 위해 자신의 허벅지를 가르고 그 속에 아기를 넣었다. 제우스의 허벅지 속에서 자란 후에 태어난 아이가 바로 디오니소스다. 이 세상에 두 번 태어났으며 어머니가 인간이면서도 제우스의 몸에서 태어나 영생의 신이 된 특이한 탄생이다.

디오니소스는 이카리오스 왕에게 포도를 재배하고 포도주를 만드는 방법을 가르쳤다. 그리고 술이 지나치면 위험하니 아무나 마시지 못하도록 항상 숨겨 둘 것과 손님들에게는 적당한 양만 대접해야 된다고 경고했다. 그런데 이카리오스는 이 경고를 무시하고 아무 곳에나 술을 방치했다. 술을 발견한 하인들이 무엇인지도 모른 채 실컷 마셨다가 모두가 정신을 잃고 말았다. 술에 취한 하인들은 이성을 잃고는 이카리오스를 우물에 던져 죽게 하였다.

이카리오스 이야기는 고대 그리스에서 디오니소스 축제 때 공연되기 시작했다. 이 연극에서 산양(山羊)으로 가장한 아이들이 합창을 불렀다. 이카리오스 이야기에서 비극이라는 말이 유래되었는데 영어에서 "tragedy"라는 단어는 그리스어로 "산양들의 합창"을 뜻하는 것이다. 술을 많이 마시는 사람들이 진정 디오니소스를 닮기 원한다면 비극이 술에서 시작된다는 점을 한 번쯤 생각해 보았으면 한다.

자비로운 신 아테나

아테나의 탄생도 매우 특이하다. 제우스는 지혜롭기로 소문 난 메티스 여신을 사랑한 적이 있다. 메티스의 뱃속에도 제우스의 아이가 자라고 있었다. 그러던 어느 날 가이아가 예언을 했는데 메티스가 제우스보다 더 힘센 아들을 나을 것이라는 이야기였다. 비록 자식이라고 하더라도 이것은 제우스가 도저히 묵과할 수 없는 위협이었다. 제우스는 이 아이의 탄생을 막아야만 했다. 궁리 끝에 제우스는 메티스의 잠자리를 찾아 그녀를 통째로 몸 속으로 빨아들였다. 메티스는 더 이상 이 세상에 존재하지 않게 되었다. 제우스는 큰 위기를 모면했다고 생각하면서 안도의 한숨을 쉬었다.

그후 어느 날 제우스는 갑자기 머리가 아프기 시작했다. 도저히 견딜 수가 없었다. 제우스는 헤파이스토스를 불러 아픈 곳을 열어 보도록 하였다. 머리가 열리는 순간 태어난 것이 아테나다. 신은 태아 상태에서도 죽지 않고 계속 살아남은 것이다. 제우스의 머리에서 태어나서인지 어머니를 닮아서인지 아테나는 매우 현명했다. 그리하여 아테나는 지혜의 신이 되었다. 또한 어느 누구보다 힘도 세었다. 아테나는 인간의 친구가 되어 주었다. 아테나는 인간의 고통을 덜어 주고 생활을 향상시키기 위해 밤낮 없이 일했다. 농사를 짓도록 쟁기를 만들어 주고 집 짓는 방법과 도자기 만드는 법도 가르쳤다. 인간 생활에 편리하다는 것은 무엇이든지 발명해 냈다. 그리하여 인간의 생활은 급속도로 향상되었다.

그러던 어느 날 아테나는 새로운 풍요가 인간 사회에 갈등을 불러 일으키고 있음을 발견하고는 놀랐다. 남들이 고생한 결과에 기대어 일하지 않고 놀고 먹는 사람들이 생겨났으며 이런 사람들이 오히려 주인 행세를 하는 것이었다. 놀고 먹는 사람은 더 부자가 되고 열심히 일하는 사람은 아무리 일해도 가난을 벗어나지 못했다. 아테나는 이러한 인간 사회의 모순을 제우스에게 설명하고 시정해 줄 것을 요청했다. 그러나 신중한 신 제우스는 신들의 세계에도 불평등이란 있기 마련이라면서 인간 사회의 불평등을 대수롭지 않게 생각했다. 제우스에게서 도움을 얻어내지 못한 아테나는 이러한 인간 세계의 불평등을 완화하기 위해 인간에게 덕과 예술을 가르치기 시작했다. 비록 불평등을 완전히 없앨 수는 없을지라도 모든 사람들이 아름다움을 사랑하고 조화를 이루면서 고귀한 가치를 깨우치도록 가르친 것이다. 이러한 아테나의 노력으로 고대 그리스에서 아름다움을 추구하는 예술과 철학이 발전하였다고 한다.

아테나는 누구보다도 문명과 평화를 사랑했다. 평화를 지키고 문명의 파괴를 막기 위해 결연히 싸웠다. 전쟁을 두려워하거나 피하려고 하지 않았다. 그래서 전쟁의 신 아레스가 제일 두려워하는 상대가 아테나였다. 아레스는 아테나한테 망신을 당한 적이 한두 번이 아니었다. 아레스는 아테나에게는 도저히 당할 수가 없었다. 아테나는 전쟁에 참여하면 꼭 승리를 거두었다. 그래서 아테나는 전쟁의 신 또는 승리의 신으로 불리기도 한다. 그녀는 전쟁을 위한 전쟁이 아니라 전쟁을 없애기 위한 전쟁을 했기 때문이다. 아테나는 평화를 사랑했기에 전쟁을 두려워하지 않을 수 있었으며 흔히 투구를 쓰고 창을 든 모습으로 묘사된다. 아테나에게는 불화의 신 에리스가 제일 어려운 상대다. 에리스는 틈만 있으면 슬그머니 나타나 내분을 일으켰다. 내부의 분열은 아테나도 어찌할 수 없었다. 인간들이 서로 협력하고 단결할 때에만 아테나의 진정한 힘이 발휘되었다. 그래서 "아테나를 위하여 우리의 힘을 보태자."라는 말이 유행했다고 한다. 하늘은 스스로 돕는 자를 돕는다는 말이 떠오른다.

아테나가 엄격하면서도 인간에게 얼마나 자비로웠는지를 보여 주는 일화가 있다. 아테나는 자신에게도 엄격했다. 사랑에 빠지지도 않았고 끝까지 결혼하지 않은 처녀 신이다. 이러한 아테나가 목욕하는 것을 우연히 보게 된 남자가 있었다. 아테나는 그를 곧바로 장님으로 만들어 버렸다. 그러나 앞을 보지 못하고 비틀거리는 나약한 인간을 본 아테나는 금방 후회했다. 일부러 본 것도 아니었는데 한 인간의 일생을 망쳤구나 생각하니 가슴이 아팠다. 그래도 자신의 행동을 번복할 수 없는 것이 신들의 법칙이다. 아테나는 그 인간을 도와줄 방법을 생각했다. 궁리 끝에 이 남자에게 새들의 언어를 들을 수 있는 뛰어난 청각과 미래를 내다볼 수 있는 능력을 주었다. 그리고 그를 인도할 수 있는 요술 지팡이도 주어 아무런 불편 없이 돌아다닐 수 있도록 해 주었다. 이 사람이 그리스 신화에 자주 등장하는 유명한 예언자 티레시아스다.

고대 아테네 법정에서는 재판관의 의견이 반반으로 나뉘어 피고의 유죄, 무죄를 결정하지 못하는 경우에는 무죄로 판정하는 관례가 형성되었다. 이러한 관례는 재판관의 의견이 반반으로 나뉘는 경우 최종 판결을 아테나에게 맡긴 데에서 유래한다고 한다. 자비로운 아테나 여신은 항상 불쌍한 인간의 편을 들어주리라고 믿었기 때문이다.

헤라클레스의 선택

헤라클레스는 제우스와 미케네 공주 알크메네 사이에서 태어났다. 알크메네는 남편을 따라 테베에서 살게 되었다. 알크메네의 남편도 헤라클레스가 제우스의 자식이라는 것을 알았기에 더욱 정성을 다하여 길렀다. 헤라클레스는 온갖 학문과 예술을 배웠고 무술에도 숙달했다. 제우스는 헤라클레스를 그리스 전체 통치자로 삼으려고 했다. 그러나 질투로 가득 찬 헤라에게 다른 여자의 뱃속에서 나온 헤라클레스가 곱게 보일 리 없었다. 헤라의 끊임없는 음모는 헤라클레스를 평생 불행하게 만든다. 헤라클레스를 죽이려고 침실에 독사를 넣기도 했는데, 헤라클레스는 매번 제우스와 아테나의 도움으로 위기를 모면했다.

청년이 된 헤라클레스는 테베를 떠나 산속에서 가축을 돌보면서 지냈다. 헤라클레스가 떠나 있는 동안 테베는 외부의 침략을 제대로 물리치지 못하고 많은 고초를 겪어야 했다. 이러한 소식을 전해들은 헤라클레스는 테베로 돌아가기로 결심한다. 헤라클레스는 이 여행 길에서 자신의 인생을 결정하게 될 아름다운 두 여인을 만난다. 호화로운 옷을 입고 귀금속으로 잘 치장한 여인이 먼저 다가왔다. 언뜻 보기에 두 여인 중에 더 예뻐 보였다. 이 여인이 먼저 입을 열었다. "제 이름은 기쁨입니다. 당신은 강하고 멋진 남자이니 인생의 즐거움이 무엇인지 알게 될 것입니다. 당신의 인생은 평안과 기쁨으로 넘칠 것입니다. 저를 따르십시오. 인생의 즐거움을 모두 다 맛보기에 인생은 너무나 짧습니다."

'이 여인을 따라가면 정말 멋진 인생을 살 수 있겠구나.' 헤라클레스는 주저 없이 이 여인을 따라가기 시작했다.

“제우스의 아들이여, 어디로 가십니까?” 다른 여인이 헤라클레스를 잡았다. “제 이름은 덕(德)입니다. 용감하고 힘 있는 사람은 한가하게 쾌락으로 시간을 보내서는 안 됩니다. 인생에는 그보다 훨씬 더 뜻 있는 일이 많습니다. 저는 편안한 삶을 약속드릴 수는 없지만 아름다운 인생을 약속할 수는 있습니다. 아름다운 인생은 강한 의지와 불굴의 용기가 필요합니다. 바로 당신 같은 사람입니다. 저를 따르십시오.”

“저 여자 말을 듣지 마세요. 당신으로부터 모든 즐거움을 빼앗아 갈 것입니다.” 첫 번째 여인이 빨리 떠날 것을 재촉했다.

덕이 말했다. “당신 마음대로 하세요. 그러나 이것만은 명심하세요. 저 여인을 따라가면 남는 것은 결국 후회지요. 당신은 자신을 위해서도 남을 위해서도 아무것도 해내지 못하게 될 것입니다. 당신의 재능과 용기가 너무나 아깝습니다. 어려움과 고통 속에서 승리하는 것이 진정한 기쁨이라는 것을 명심하세요. 악에 대항해야 합니다. 약한 자의 친구가 되어 주세요. 더 이상 할 말이 없습니다. 이제 당신의 선택만 남았습니다.”

헤라클레스는 더 이상 주저하지 않았다. “일깨워 주어 감사합니다. 나는 그 덕의 길을 기꺼이 따르겠습니다.” 헤라클레스가 이렇게 답하자 두 여인은 모두 사라져 버렸고 헤라클레스는 다시 혼자가 되었다. 그리고 테베에 도착하여 침략자들을 모두 무찔렀다. 어디에서 나왔는지 상상할 수 없는 힘이었다. 그리고 테베는 해방되었다.

헤라클레스는 그리스 최고의 영웅으로 추대될 정도로 정의로운 삶을 살았다. 헤라의 집요한 방해로 위기는 계속되었으나 제우스의 도움으로 이를 극복해 나간다. 제우스는 헤라클레스가 의로운 일생을 마친 후 그를 신으로 만들어 올림포스 궁전으로 맞아들였다. 헤라클레스가 인생 초기에 겪은 이 선택의 문제는 인간의 행복이 무엇인가를 놓고 고대 그리스 철학자들 사이에 많은 논쟁을 불러일으켰다.

황금양털을 찾아서

그리스 북부의 한 왕자가 생명의 위협을 피해 흑해 동부 연안에 있는 콜키스로 피난한 일이 있었다. 이 왕자를 태우고 날아갔다는 양의 털은 황금으로 되어 있었다. 왕자는 콜키스에 도착한 후 이 양을 잡아 정성을 다하여 제우스에게 제사를 지내고 황금양털을 잘 모셔 두었다. 그후 콜키스는 하루가 다르게 부강해지고 눈부시게 융성하기 시작했다. 그래서 이 황금양털이 부와 행복을 가져다 준다고 믿게 되었고 그 소문이 퍼지기 시작했다.

한편 이올코스의 왕자 이아손은 숙부 펠리아스에게 빼앗긴 왕위를 되찾기 위해 황금양털을 구하러 나섰다. 펠리아스는 이 원정에서 반드시 이아손이 죽으리라 생각했기 때문에 황금양털만 가져오면 왕위를 내주겠다고 약속한 것이다.

콜키스는 너무나 멀고 위험한 곳이었다. 그러나 왕위가 걸려 있는 데다가 부와 행복을 위해서는 그만한 위험은 감수해 볼 만했다. 더욱이 이아손은 헤라로부터 모든 도움을 약속 받은 일도 있었다. 부와 행복을 가져다 주는 황금양털을 찾아 떠나는 모험. 이 원정을 위해 모든 재원과 기술을 동원하여 "아르고"라는 튼튼한 배를 만들었다. 아르고 호에는 위풍당당한 헤라 여신의 조각을 세웠고, 그리스 전역에서 힘깨나 쓴다는 장사들을 다 모았다. 그리고 앞을 알 수 없는 위험한 모험의 원정길에 올랐다.

이전에 배를 타고 콜키스에 가 본 사람은 없었다. 갖은 고난과 역경을 거쳐 콜키스에 도착했지만 황금양털을 지키는 경계는 너무나 삼엄했다. 그러나 헤라의 부탁을 받은 아프로디테가 이아손을 도와주었다. 아프로디테는 아들 에로스를 시켜 화살을 쏘아 콜키스의 공주 메데이아가 이아손에게 반하여 사랑에 빠지도록 만들어 버린 것이다. 이아손은 메데이아의 도움으로 가까스로 황금양털을 탈취하는 데 성공하고 메데이아와 함께 콜키스를 빠져나왔다.

콜키스에서 그리스의 이올코스로 돌아오는 긴 노정도 순탄치 않았다. 뒤쫓는 콜키스 군을 피하여 험한 뱃길을 택했기 때문이다. 메데이아는 뒤쫓아 온 오빠를 신전으로 유인해 살해했다. 메데이아는 아버지를 배신하고 오빠의 목숨을 희생시킬 만큼 사랑에 눈이 멀었다. 이 형제 살인으로 신들의 노여움을 사는 바람에 돌아오는 길은 더욱 힘들었다. 이 원정은 그야말로 대모험이었다.

몇 년이 지난 후에 위풍당당한 아르고 호가 이올코스에 모습을 나타냈다. 이아손이 돌아오자 제일 놀란 것은 황금양털을 구해 오면 왕위를 내주기로 한 펠리아스였다. 펠리아스는 약속을 지키기는커녕 이아손을 죽일 계획을 세웠다. 이 음모를 눈치 챈 이아손은 화가 나서 펠리아스를 죽여 버렸다. 그러나 펠리아스의 갑작스러운 사망으로 그의 아들이 왕위를 계승하는 바람에 이아손은 결국 왕이 되지 못했다.

이아손은 하는 수 없이 황금양털을 들쳐 메고 이올코스를 떠났다. 이아손은 새 정착지에서 황금양털을 모셔 놓고 제우스에게 제사를 지냈다. 그러나 기대했던 부와 행복은 찾아오지 않았다. 목숨을 걸고 온갖 고난을 겪으면서 구해 온 황금양털은 더 이상 효력이 없었다. 이아손과 메데이아는 다시 아르고 호를 타고 바다를 건너 코린트로 이주했다. 코린트 사람들은 이 부부를 친절하게 맞아 주었다. 그리고 이아손과 메데이아는 아이들을 낳고 평범한 생활을 하게 되었다. 부와 행복을 쫓아 헤매던 이아손의 야망은 한갓 물거품으로 끝나 버렸다.

메데이아의 보복

코린트 사람들은 처음에 보였던 환대와는 달리 메데이아를 점점 이방인으로 대하기 시작했다. 메데이아는 외로움과 소외감을 느끼기 시작했다. 코린트에 가뭄과 기근이 들자 메데이아 때문이라는 소문이 퍼졌다. 이아손의 아이들도 따돌림을 당하여 외톨이가 되었다.

한편 이아손은 코린트 왕실과 가깝게 지내고 있었다. 언제부터인가 왕실에서도 행사가 있을 때면 메데이아는 빼놓고 이아손만을 초청하기 시작했다. 사소한 문제로 이아손과 메데이아 사이에 불화가 싹트기 시작했다. 이아손은 점차 왕궁에서 보내는 시간이 많아졌다. 그리고 이아손과 메데이아가 다투는 시간도 많아졌다.

코린트 왕 크레온도 이들 사이가 심상치 않다는 사실을 눈치 챘다. 더군다나 이아손은 크레온의 딸에게 반해 있었다. 크레온은 이아손을 조용히 불러 공주와 결혼하면 왕위를 물려주겠다고 제안했다. 이아손은 힘겨운 항해와 위험한 모험을 감행할 때 메데이아가 자신에게 어떤 존재였는지를 잊은 것은 아니다. 사랑에 빠져서 행복했던 추억과 고난을 함께한 기억들이 남아 있었다. 이아손이 메데이아를 쉽게 버리지는 못했다. 그러나 이아손과 메데이아 사이에 불화는 계속되었다. 서로 말을 하지 않으며 지내게 되었고 결국 둘 사이의 간격은 좁혀지지 않을 것처럼 보였다.

그러던 어느 날 모든 소식에 소외당하고 있던 메데이아는 온 마을이 시끌벅적한 것을 깨달았다. 게다가 이아손과 공주와의 결혼식이라니! 메데이아는 배신감에 부르르 떨었다. "내가 너희들에게 증오가 무엇인지를 보여 주겠어." 메데이아가 외쳤다.

크레온은 난동을 핑계로 메데이아에게 추방 명령을 내렸다. 이아손도 메데이아에게 증오의 감정을 폭발했다. 그러자 메데이아는 곧 마음을 가다듬고 현실을 받아들이는 태도를 취했다. 그리고 죄 없는 아이들만은 여기 남게 해 달라고 사정했다. 이아손의 눈에 아이들이 아른거리자 마음이 누그러졌다. "하루만 여유를 주세요. 공주에게 용서를 비는 뜻으로 선물을 준비하겠습니다." 메데이아는 밤새도록 아름다운 가운과 왕관을 만들어 다음 날 아침 두 아이들 손에 쥐어 공주에

이아손과 메데이아

황금양털을 구하는 원정을 나선 이아손은 아프로디테로부터 도움을 약속 받았다. 결국 에로스의 화살이 메데이아가 이아손에게 반하도록 만든다. 그리하여 메데이아는 아버지를 배신하고 형제를 살해하면서까지 이아손을 도와 황금양털을 탈취하는 데 성공한다. (귀스타브 모로의 그림. 1865년)

게 보냈다. 메데이아의 솜씨에 감탄한 공주가 이아손 앞에서 가운을 걸치고 거울 앞에서 왕관을 써 보았다. 그 순간 공주의 온몸에 순식간에 불이 붙었다. 공주의 비명을 듣고 달려온 크레온도 함께 타 죽고 말았다. 코린트 왕실은 한순간에 비극의 무대가 되었다.

메데이아의 복수는 여기서 그치지 않았다. "배은망덕이 무엇인지 철저히 가르쳐 주겠어." 메데이아는 이아손이 나타나기만을 기다렸다.

"메데이아, 당신이 무슨 짓을 했는지 아오?" 이아손이 분노로 떨고 있었다.

그러나 메데이아의 목소리는 너무나 냉정했다. "문을 열어 보세요. 복수가 어떤 것인지 보게 될 겁니다."

사랑하는 공주와 권세를 눈앞에서 잃어버린 이아손은 더 이상 잃을 것이 없다고 생각했다. 하지만 이아손의 눈앞에 펼쳐진 광경은 놀랍게도 시체가 된 자신의 두 아이들이었다. 이 참혹한 현장은 이아손에게서 모든 희망을 앗아가기에 충분했다. 이아손의 경악은 말로 표현할 수 없었다. 이아손은 더 이상 그 자리에 있을 수 없었다. 이아손이 모습을 감춘 뒤에 지금껏 침착했던 메데이아는 자신의 두 아이들을 안고 남몰래 울어야 했다. 그후 이아손은 방랑자가 되어 이리저리 떠돌다 썩어 버린 아르고 호에서 부와 행복을 찾아 헤매던 시절을 회고하고 인간의 운명에 대해 생각하면서 쓸쓸히 숨을 거두었다고 한다.

사람들은 메데이아의 잔인한 행동을 용서하지 못했지만 신은 메데이아를 이해했던 것 같다. 코린트를 떠난 메데이아는 아테네의 왕비가 되었다가 고향 콜키스로 돌아가서 아버지와 화해했다고 한다. 이 잔인하면서도 치밀한 메데이아의 행동은 인간 내면세계의 이성과 감정의 문제를 놓고 고대 철학자들 사이에 많은 논쟁을 유발했다.

남자의 선택

프로메테우스의 경고에 놀란 제우스는 테티스를 포기했다. 테티스는 아버지보다 더 힘센 아들을 낳을 운명을 가진 여신이었기 때문이다. 제우스는 신들의 질서를 파괴하지 않기 위해 테티스를 자신뿐 아니라 다른 신들에게서도 떼어 놓아야 했다. 그리하여 테티스는 인간과 결혼할 수밖에 없었다. 테티스는 펠레우스 왕과 결혼하게 되었는데 생명이 유한한 자식밖에 가질 수 없는 테티스가 안타까웠는지 결혼식은 특별히 성대했다. 모든 신들이 참석하여 축복을 빌었다. 제우스는 이들의 행복을 기원하는 의미에서 불화의 여신 에리스만은 초청하지 않았다. 그런데 이것이 또 다른 화근을 낳았다.

자기만 초대 받지 못하자 에리스는 화가 났다. 에리스는 결혼식이 끝날 무렵 조용히 나타났다. 그리고 헤라, 아테나, 아프로디테 세 여신이 다정하게 모여 있는 곳에 슬그머니 발 밑으로 황금사과를 굴려 넣었다. 황금사과에는 "가장 아름다운 여인에게"라고 적혀 있었다.

"아, 그렇다면 내 것이네." 헤라가 말했다.

"무슨 소리야, 내 사과야." 아테나가 끼어들었다.

"가장 아름다운 여인이라면 당연히 내가 아니겠어?" 아프로디테가 단호하게 말했다.

이렇게 하여 세 여신 간에 옥신각신 말다툼이 벌어졌다. 이 다툼은 몇 년이 가도록 끝이 나지 않았다. 올림포스 궁전의 분위기도 예전같지 않았다. 이 문제는 신중한 제우스도 함부로 결정할 수 없었다. 제우스는 생각에 생각을 거듭한 끝에 인간에게 결정권을 주기로 하고 트로이의 왕자 파리스를 선정했다. 그리고 세 여신과 함께 증인으로 헤르메스를 보냈다.

네 명의 신을 한꺼번에 맞이한 파리스는 사태의 심각성을 파악하고 매우 난감하였다. 누구 편도 들을 수 없는 어려운 상황에 빠진 것이다. 어떤 선택을 해도 신의 노여움을 피할 수 없는 처지였다. 결국 심판관이 된 파리스에게 먼저 헤라가 위엄 있게 다가왔다. "나를 선택하면 아시아 전체의 지배권과 함께 많은 재물을 주겠어."

다음은 아테나가 자신만만한 태도로 다가왔다. "나는 너를 세상에서 가장 힘센 용사이자 지혜로운 사람으로 만들어 줄 수 있지."

마지막으로 아프로디테가 만면에 웃음을 띠고 다가와서 말했다. "나를 선택하면 너는 이 세상에서 가장 아름다운 여인을 차지할 수 있지."

"그게 누구지요?" 파리스는 호기심이 앞섰다.

"온 그리스가 선망하는 여인. 이 여인을 놓고 아테네와 스파르타가 싸움을 벌일 정도였으니까. 스파르타의 왕비 헬레네."

권세, 지혜, 아름다운 여인…… 파리스의 선택은 인간의 보편적인 갈망을 드러내는 것일까? 파리스는 황금사과를 아프로디테에게 주었

파리스의 선택

황금사과의 주인을 찾기 위해 세 명의 여신과 함께 헤르메스가 파리스의 앞에 나타난다. 헤라의 권세, 아테나의 지혜, 아프로디테의 아름다운 여인. 파리스는 황금사과를 아프로디테에게 건넨다. 그리고 파리스는 아름다운 헬레네를 차지한다. (프랑스 화가 앙투안느 와토의 그림. 1721년)

다. 이렇게 하여 제우스도 결정할 수 없는 일을 파리스가 과감하게 마무리했다. 여자의 질투를 과소평가한 것일까? "두고 보자." 헤라와 아테나는 트로이를 떠났다. 트로이의 운명은 풍전등화였다.

이렇게 하여 그리스 전체가 전쟁의 비극에 휩싸였다. 10년에 걸친 전쟁은 트로이를 완전히 잿더미로 만들어 버렸다. 헤라와 아테나는 온 세상을 불바다로 만들어서라도 화풀이를 하고 나야만 직성이 풀렸던 모양이다. 제우스가 무슨 생각으로 트로이의 파리스 왕자를 선정했을까? 신들의 세계에 평화를 가져온 테티스 여신의 희생은 결국 인간 세계의 재앙으로 이어졌다. 그러나 신들의 전쟁에 비하면 조그마한 희생에 불과한 것인지도 모른다. 프로메테우스가 입버릇처럼 떠들고 다니던 "희생 없이는 아무것도 이룰 수 없다."는 것이 이런 것을 예고한 것일까?

아름다움을 동경하는 인간

이 세상에서 최고로 아름다운 여인 헬레네는 제우스와 인간 사이에서 태어난 유일한 딸이다. 제우스는 헤라의 눈을 피해 백조로 변하여 레다 공주에게 접근했다. 그후 레다는 알을 낳았는데 헬레네는 바로 이 알에서 태어난 것이다. 헬레네를 차지하기 위해 남성들 간에 상상을 초월하는 경쟁이 벌어졌다. 헬레네를 아내로 맞이하기 위한 경합에 앞서 모두 맹세를 한 일이 있다. 일단 승자가 결정되면 그 결과를 받아들이고, 만약 헬레네를 넘보는 남자가 있다면 모두 힘을 합해 그와 대항하기로 약속한 것이다. 이 엄청난 행운은 스파르타의 메넬라오스 왕에게 돌아갔다.

이 메넬라오스 왕이 트로이를 방문했을 때 파리스 왕자가 극진히 모신 적이 있었다. 그후 파리스가 스파르타를 방문하게 되었고 아프로디테는 이 기회를 놓치지 않았다. 아프로디테의 아들 에로스가 헬레네의 가슴에 화살을 쏘아 파리스에 반하도록 만든 것이다. 사랑에 빠진 헬레네는 파리스를 따라 어두운 밤을 타서 스파르타를 도망쳐 나왔다. 이 사실을 알게 된 메넬라오스는 노발대발하여 미케네, 이타카 등 다른 왕들의 도움을 청하였다. 이미 맹세한 것이기 때문에 메넬라오스의 요구를 아무도 거절할 수는 없었다. 이리하여 미케네 왕 아가멤논을 사령관으로 한 연합군이 결성되었다.

연합군의 공격 앞에서 트로이 사람들은 당연히 왜 이 부도덕한 파리스와 헬레네를 위해 목숨을 바쳐야 하는지 회의를 품었다. 그러나 헬레네의 아름다움을 보고 나서는 전의를 다졌다고 한다. "스파르타가 헬레네를 위해 목숨을 걸고 싸울 권리가 있듯이 트로이도 그럴 권리가 있다." 헬레네의 아름다움을 짐작할 수 있는 대목이다.

신들 사이에도 편이 갈리었다. 예언의 신 아폴론이 트로이의 공주 카산드라에 마음이 끌려 사랑을 구한 적이 있었다. 카산드라가 사랑을 약속하여 아폴론이 그녀에게 예언의 능력을 주었는데, 그후 카산드라는 마음을 바꾸어 아폴론의 사랑을 거절했다. 아폴론은 마지막 키스를 간청했다. 그리고 사랑을 배신한 카산드라의 입 속에 침을 뱉어 아무도 카산드라의 말을 믿지 않도록 만들었다. 그리하여 앞을 내다보는 능력이 있는 카산드라는 적을 물리칠 수 있는 방법을 외치고 다녔으나 아무도 이를 믿지 않았다.

전쟁은 9년이 지나도록 끝날 줄을 몰랐다. 어느 날 오디세우스는 트로이가 아테나 신전에 보관된 팔라디움을 빼앗으면 패망할 것이라는 예언을 듣게 된다. 팔리디움은 아테나가 어릴 적에 전쟁 놀이를 하다가 실수로 죽인 친구를 기념하기 위해 만든 목상인데 아테나가 가장 아끼는 것이었다. 오디세우스는 변장을 하고 트로이에 들어가 아테나 신전에 모셔 둔 팔라디움을 훔쳐 나왔다. 그러자 아테나는 오디세우스에게 팔라디움을 지키지 못한 트로이를 멸망시키는 방법을 알려 주었다. 커다란 목마를 만들어 그 안에 병사를 숨긴 후 나머지는 모두 퇴각해 버리는 작전이었다. 이 작전은 적중했다.

연합군이 모두 배를 타고 떠나는 것을 본 트로이는 연합군이 전쟁에 지쳐 포기한 것으로 생각했다. 다만 남겨 놓고 떠난 거대한 목마가 무슨 용도인지 궁금했다. 그런데 이 목마는 아테나 여신에게 바치려고 만든 것인데 목마가 트로이 성안으로 들어가면 트로이가 승리할 것이기 때문에 성안에 들여 놓을 수 없도록 크게 만든 것이라는 소문이 퍼졌다. 연합군이 퍼뜨린 소문이었다. 카산드라는 이 목마를 들여 놓으면 큰 화를 입을 것이라고 경고하고 다녔지만 아무도 그녀에게 귀를 기울이지 않았다. 트로이 군은 성문을 부수고 목마를 성안으로 끌어 들인 후 승리의 축제를 벌였다. 트로이 사람들이 술에 취해 모두 잠든 사이에 목마 안에 숨어 있던 병사들이 나왔고 동시에 멀리 퇴각으로 위장했던 연합군이 일제히 공격하여 트로이는 여지없이 함락되고 말았다.

트로이는 크레타 사람들이 건너가 건설하였다고 전하는데 트로이가 멸망한 후 살아남은 일부는 베네치아로, 일부는 로마로 건너가서 다시 나라를 세웠다고 전한다.

전쟁이 끝난 후 귀국 길도 험난하여 많은 병사들이 바다에서 죽었다. 메넬라오스는 헬레네를 데리고 바다에서 8년간이나 고생한 후에야 스파르타에 돌아올 수 있었다. 그들은 스파르타에서 행복한 여생을 보냈다고 하며 죽은 후에 제우스는 이들을 고통과 슬픔이 없는 엘리시온으로 보내 주었다.

인간은 누구나 아름다움을 동경한다. 각박한 현실 속에서도 꿈속에서나마 아름다움을 간직하고 싶어 한다. 우리의 인생이란 무엇인가 잃어버린 아름다움을 찾아 헤매는 과정일는지도 모른다.

개선장군의 비극

아가멤논은 트로이로 출정하기 전에 자신의 딸을 제물로 바친 일이 있었다. 연합군 함대가 항구에 집결하여 출정을 앞두고 있을 때 며칠이 지나도록 바람이 불지 않아 배가 움직일 수도 없는 데다가 전염병이 돌았다. 출발도 하기 전에 병사들이 죽어 갔다. 이유를 알아보니 총사령관 아가멤논이 아르테미스가 아끼는 사슴을 사냥하여 그녀의 노여움을 샀기 때문이라는 것이다. 그리고 이 노여움을 달래기 위해서는 아가멤논의 딸을 제물로 바쳐야 한다고 했다.

자신의 딸을 희생시키는 것은 쉬운 문제가 아니다. 사령관을 교체하자는 의견도 제기되었으나 모두가 합의할 수 있는 후보가 없었다. 아가멤논은 결국 무서운 결심을 한다. 그는 딸 이피게네이아를 아킬레스 장군과 결혼시킨다고 거짓말을 하여 불러온다. 아킬레스는 테티스 여신의 아들로 용맹스러운 장군이었다.

결혼의 기대로 가슴이 설레었던 이피게네이아와 왕비는 모든 사실을 알고는 비통에 빠진다. 그러나 이미 대세는 이피게네이아의 희생을 요구하고 있었다. 그리고 이피게네이아도 희생의 각오가 되어 있었다. "트로이의 파리스는 반드시 응징해야 합니다. 모욕을 참는 자는 멸시를 당하리라. 나는 기꺼이 아르테미스의 제물이 되겠습니다. 그리스는 반드시 승리하여 돌아올 것입니다." 이피게네이아는 스스로 제물이 될 것을 자청하고 나섰다.

에우리피데스의 희곡에서는 이피게네이아가 아르테미스 제단에서 희생되기 마지막 순간에 기적이 일어난다. 제단에 있던 이피게네이아는 사라지고 그 자리에 사슴이 나타난 것이다. 사슴을 대신 제물로 바치는 순간 바람이 불기 시작했다. 이리하여 연합군은 트로이로 진격을 시작했다고 한다.

고대 그리스인들은 이 아가멤논의 고뇌를 놓고 공인의 입장에서 개인의 이익과 사회 전체의 이익이 충돌할 때 과연 무엇이 우선하는가의 문제를 제기하여 토론하였다. 이피게네이아의 희생은 공익을 위한 사익 희생의 상징이 되었던 것이다.

자신의 딸을 제물로 바친 남편의 비정함 때문에 만정이 떨어졌든지, 아니면 남편이 이역에서 10년 동안 전쟁을 치르고 있는 동안 미케네에서 독수공방을 지키던 외로움 때문이었든지 왕비 클리템네스트라는 아이기스토스와 눈이 맞아 바람이 났다. 아가멤논이 돌아온다는 소식을 들은 왕비는 정부와 짜고 자기의 부정이 드러나기 전에 아가멤논을 살해할 계획을 세운다. 아가멤논이 트로이에서 데리고 온 카산드라 공주가 위험을 예고하지만 그녀의 말에 귀를 기울이는 사람은 아무도 없었다. 이리하여 사랑하는 딸을 희생시키면서까지 10년간의 온갖 역경을 겪으며 전쟁을 승리로 이끈 개선장군 아가멤논은 어처구니없이 자기 나라에서 왕비의 음모로 죽고 만다.

엘렉트라 공주는 어머니가 부정을 저지르고 아버지를 살해한 데 대해 분개했다. 엘렉트라는 외지에 나가 있던 왕자 오레스테스에게 이 사실을 알려 보복하도록 한다. 이 사실을 전해들은 오레스테스는 변장하여 은밀히 미케네로 돌아와 어머니인 왕비와 정부를 살해하고 아버지의 원수를 갚는다.

오레스테스는 어머니를 살해한 죄로 복수의 여신한테 쫓기는 신세가 된다. 오레스테스는 아테나 여신에게 보호를 요청하지만 아테나는 보호를 거절하는 대신 아테네 시민들에게 심판권을 준다. 아테네 시민은 의견이 반반으로 나뉘자 아테나가 결정권을 행사하여 아테네 시민의 이름으로 오레스테스를 보호하기로 한다. 이에 대하여 복수의 여신들은 아테네를 피바다로 만들겠다고 협박한다. 아테나는 복수의 여신들을 협박과 설득으로 가까스로 무마하여 아테네의 평화를 유지하였다고 한다.

이 신화에는 친족 살해를 다룬 당시 법률의 애매성과 종교적 권위의 문제를 제기한다. 아울러 시민의 역할이 등장하기 시작했음을 보여 준다. 아테나는 옳고 그름을 시민들이 결정하도록 하는 한편 시민 편에 서서 복수의 여신들의 위협을 막아 아테네를 보호하였다.

트로이 전쟁을 둘러싼 신화는 기원전 8세기에 호메로스가 쓴 『일리아스』와 『오디세이아』를 통해 일찍부터 기록되어 전해 내려오고 있다. 기원전 5세기에 이르러서는 극작가들에 의해 희곡으로 기록되어 연극으로 상연되기 시작했다. 먼 옛날부터 구전되어 온 그리스 문화의 소산이라는 점에서뿐만 아니라 그리스인들의 사고에 미친 영향으로 볼 때에도 트로이 전쟁과 관련된 이야기는 그리스 신화의 진수라고 헤도 무리가 아니다. 아가멤논 왕은 고고학자들에 의해 실존 인물로 밝혀졌다. 아가멤논의 묘가 발굴되어 많은 유물이 발견된 것이다. 아가멤논과 얽힌 비극은 지금도 자주 연극으로 상연되고 있다.

오디세이아 정신

스파르타 왕의 요청을 받은 장군들이 맹세를 지키기 위해 모여들었다. 그러나 이타카의 왕 오디세우스에게 이 전쟁은 무의미했다. 처음에는 실성한 척하여 빠지려고 했으나 그의 잔꾀가 폭로되어 할 수 없이 전쟁에 참여하게 되었다. 일단 전쟁에 합류한 오디세우스는 연합군의 승리를 이끌어내는 데 결정적인 역할을 한다.

전쟁이 끝난 후 오디세우스의 귀국 길은 특히 험난했다. 망각의 열매 로토스를 먹는 나라에 도착했을 때에는 오디세우스가 황홀경에 빠진 일행을 배까지 끌어와 노 젓는 자리에 묶어 둔 다음에 겨우 빠져나올 수 있었다. 눈이 하나밖에 없는 거인 키클롭스들은 선원들을 마구 집어 삼켰다. 오디세우스는 한 키클롭스의 눈을 찌르고 동굴을 빠져나왔는데 그는 포세이돈의 아들이었다. 자식을 잃고 격분한 포세이돈은 오디세우스의 항해를 더욱 힘들게 만들었다. 아이아이아 섬에서는 마녀 키르케가 선원들을 멧돼지로 만드는 바람에 1년 동안 동료들을 구하기까지 발이 묶이기도 했다. 오디세우스는 죽음의 세계에도 들러 돌아가신 어머니, 왕비에 의해 살해된 개선장군 아가멤논, 트로이 전쟁의 동료 아킬레스 장군도 만났다.

한번은 배고픔을 참지 못한 선원들이 헬리오스 신의 소를 잡아먹었다. 오디세우스는 신들의 경고에 따라 이들을 만류했지만 소용이 없었다. 결국 또 다른 재앙을 불러와서 배는 파선되고 선원들은 모두 죽었다. 오디세우스만 겨우 살아남아 아흐레 동안 표류하다가 오기기아라는 작은 섬에 도착했다. 오디세우스는 이 섬의 요정 칼립소의 도움을 받으며 그녀와 함께 살게 되었다. 칼립소는 오디세우스의 외로움을 달래기 위해 헌신적으로 노력했다. 오디세우스에게 반한 칼립소는 그가 안정을 찾고 고향을 잊기만 하면 자신의 남편으로 삼으려고 했던 것이다. 그러나 오디세우스는 늘 해변에 나가 고향과 페넬로페 왕비를 생각하며 눈물로 세월을 보냈다. 배도 잃고 선원도 없이 단신으로 바다를 항해한다는 것은 생각도 못할 일이었다. 더욱이 포세이돈의 노여움을 샀으니 배가 있더라도 고향을 찾는 일이 만만치 않을 것이다. 그래도 오디세우스는 고향을 한번도 잊은 적이 없었고 결코 희망을 버리지 않았다.

이렇게 10년이라는 세월이 또 흘렀다. 10년 동안 트로이 전쟁에 시달리고 나서 온갖 고초를 겪은 후였으니 고향을 떠난 지 20년이 되는 셈이다. 고향 이타카에서는 오디세우스의 생사를 모르고 있는 가운데 왕위를 노리는 많은 귀족들이 페넬로페 왕비에게 청혼하고 있었다. 페넬로페는 이들의 요청을 언제까지나 거절할 수만은 없었다. 그래도 언젠가는 오디세우스가 돌아오리라는 믿음을 버리지 않았던 페넬로페는 청혼을 계속 미루며 버티고 있었다.

그러던 어느 날 아테나는 제우스에게 오디세우스를 고향으로 보내야 한다고 건의하였다. "아버지, 이제 오디세우스를 고향에 보내 줄 때가 되지 않았습니까?" 제우스도 아테나의 요구를 옳게 여기고는 헤르메스를 칼립소에 보내 오디세우스를 고향으로 보내 주도록 요청하였다.

"올림포스 신들은 그렇게 잔인해도 됩니까? 우리 약한 신들이 인간을 사랑하는 것까지 시기하나요?" 칼립소는 화를 내도 소용 없다는

오디세우스와 페넬로페

오디세우스는 오랫동안 방황하면서도 고향 이타카와 아내 페넬로페를 잊지 않았다. 페넬로페 또한 오디세우스가 반드시 돌아오리라 믿고 있었다. 결국 오디세우스는 고향에 돌아와 경쟁자들을 무찌르고 페넬로페와 행복하게 살았다고 한다. 오디세우스의 집념은 한번 목표를 정하면 반드시 달성한다는 불굴의 정신을 가르친다. (이탈리아 화가 프란세스코 프리마티초의 그림. 1560년).

부시리스를 죽이는 헤라클레스

포세이돈의 아들 부시리스가 이집트를 다스리고 있을 때 9년 동안 기근이 들었다. 키프로스의 예언자 프라시오스가 해마다 외국인 한 명을 제우스에게 바치면 기근이 찾아오지 않을 것이라고 말했다. 마침 헤라클레스가 이집트에 왔다가 사로잡혀 제단으로 끌려갔다. 그러나 헤라클레스는 자신을 꽁꽁 묶은 사슬을 끊고 부시리스와 그 아들을 죽였다. (기원전 470년경)

메데이아

메데이아는 자신을 배신한 남편 이아손에게 복수하기 위해 크레온 왕과 그의 딸, 그리고 자신의 두 아들까지 모두 죽인다. 이처럼 극악무도한 메데이아에게 복수해 달라고 이아손이 호소하지만, 오히려 태양의 신은 전차를 보내어 메데이아를 아테나의 피난처로 태워다 준다. (기원전 5세기)

키클롭스의 외눈을 찌르는 오디세우스

오디세우스 일행이 포세이돈의 아들이자 식인종 괴물인 키클롭스들을 만났다. 이때 오디세우스는
키클롭스의 외눈을 찌르고 거대한 양의 배에 매달려 동굴을 빠져나올 수 있었다. 키클롭스의 죽음
에 화가 난 포세이돈은 이후 오디세우스의 귀향길을 더욱 험난하게 만들었다. (기원전 650년경)

세이렌의 노랫소리를 듣는 오디세우스

반은 새이고 반은 사람인 마녀 세이렌은 아름다운 노랫소리로 뱃사람들을 유혹하여 난파시켰다. 오디세우스는 마녀 키르케의 조언에 따라 선원들의 귓구멍을 밀랍으로 막고 자신의 몸은 돛대에 묶게 하여 그곳을 무사히 지나갈 수 있었다. (기원전 510년경)

전쟁

고대 그리스에서는 3년에 2년 꼴로 전쟁을 했다. 아테네에서는 잦은 전쟁이 민주주의 발전의 계기가 되기도 했다. 전쟁에 참여한 시민은 발언권이 커졌고 그 결과 민주주의가 발전한 것이다. 전쟁을 할 것인지 말 것인지를 직접 결정한 시민들은 전쟁에 스스로 참여해야만 했다. 자신의 희생만큼 발언권도 커진다. 그래서 아테네 시민은 국방을 의무라기보다는 권리로 생각했다.

아폴론

아폴론을 묘사한 킬릭스. 리르를 들고 있는 아폴론이 술을 땅에 붓고 있다. 리르는 예지와 음악의
신인 아폴론의 지혜와 절제를 상징하며, 술을 땅에 붓는 것은 경건함을 의미한다. 킬릭스는 고대 그
리스 도기 중에서 수평 손잡이가 달린 넓은 주발형 술잔이다.

것을 알기에 곧 단념하였다. "제우스의 뜻을 거역할 수는 없지요. 오디세우스를 내가 구해 주었으니 이번에도 내가 그를 다시 한번 돕겠어요." 그리하여 칼립소는 오디세우스가 배를 만들고 떠날 차비를 하도록 도와주었다.

오디세우스가 혼자서 항해를 시작한 것을 발견한 포세이돈은 또 화가 풀리지 않았다. "아니, 저게 오디세우스 아니야. 아직 고향을 포기하지 않았나 본데 내가 고난이 무엇인지 한번 보여 주지." 이쯤 되면 오디세우스가 어떠한 고초를 당했을지는 쉽게 상상할 수 있을 것이다. 곧 하늘에는 시커먼 구름들이 모여들었다. 사방에서 바람이 일더니 산더미 같은 파도가 일기 시작했다. 오디세우스는 트로이 전쟁터에서 죽은 동료들이 오히려 부럽다는 생각이 들 정도였다. 배는 부서졌으나 아테나의 도움으로 겨우 사경을 넘어 어느 섬에 도달했다. 이 섬의 왕은 친절했다. 아테나가 오디세우스의 귀국을 돕고 있었던 것이다. 오디세우스는 왕에게 그간의 모험과 고향에 돌아가고 싶은 간절한 소망을 이야기했다. 이 왕은 오디세우스의 모험과 용맹에 감탄하였고 기꺼이 배와 선원을 내어 주었다.

오디세우스는 이와 같이 온갖 어려움을 이겨 내고 20년이 넘어서 고향 이타카로 돌아올 수 있었다. 그리하여 이타카에도 평화가 찾아왔고 오디세우스만을 기다리던 페넬로페와 함께 행복하게 살게 되었다. 그리스 신화에서 페넬로페는 우리의 춘향에 해당하는 인물로 절개를 지킨 여인의 상징이다.

호메로스가 이 오디세우스를 주인공으로 재창조한 『오디세이아』는 고향을 그리는 마음도 마음이지만 한번 목표를 정하면 반드시 달성하고야 만다는 불굴의 정신을 상징한다. 그래서 그리스에서는 지금도 학생들에게 "오디세이아 정신"을 가르치고 있다. 서울에서 온 손님에게 이 오디세이아 정신을 설명해 준 일이 있다. 이 손님은 우리 골프 선수들 사이에 오디세이아 퍼터가 유행한다고 하면서 그래서 우리 선수들이 우승을 많이 하는 것 같다고 하였다. 그리스에서는 오디세이아 정신을 가르칠지 모르지만 막상 오디세이아 정신을 실천하는 것은 우리 젊은이들이었다.

절제되지 않은 욕망은 죽음을 부른다

아테네는 크레타와의 전쟁에서 패한 후에 크레타에 희한한 조공을 바친 일이 있었다. 크레타는 미궁(라비린토스)에 갇혀 있는 괴물 미노타우로스의 먹이로 매년 일곱 명의 청년과 일곱 명의 처녀를 바치고 있었다. 아테네의 왕 아이게우스는 이러한 사실을 왕자에게는 절대로 비밀에 붙이도록 명령하고 있었다. 자식을 낳을 수 없었던 아이게우스는 아테나의 도움으로 겨우 왕자를 얻을 수 있었다. 하나뿐인 아들을 애지중지 키우고 있었던 것이다. 정의감이 강하고 용감하기로 소문난 이 테세우스 왕자는 사실은 포세이돈의 아들이었다.

세월이 흐르면서 아테네 시민들 사이에 불만이 일기 시작했다. 불쌍한 백성들만 자식을 바치고 있는데 왕실에서는 모른 척하고 있다는. 이러한 소문을 들은 테세우스는 자신이 제물이 되어 크레타로 가서 괴물을 죽여 없애 버리겠다고 나섰다. 아무도 왕자의 결심을 꺾을 수가 없었다.

테세우스는 떠나기에 앞서 아폴론 신전을 찾아 자기 임무가 성공하기 위해서는 어느 신에게 기도를 드려야 하는지 알아보았다. 신탁은 아프로디테의 도움을 요청하도록 권하였다. 그리하여 테세우스는 아프로디테의 도움을 구한 다음 크레타로 향했다. 아프로디테는 에로스를 시켜 아리아드네 공주의 마음에 테세우스를 향한 사랑을 심어 주었다. 한편 테세우스가 범상치 않다고 생각한 크레타 왕 미노스는 테세우스를 제일 먼저 먹이로 바치도록 명령하였다. 다급해진 아리아드네는 파이드라 공주에게 도움을 청하였다.

"아니, 지금 제정신이야, 아버지가 아시면 어쩌려고. 아버지가 미노타우로스를 얼마나 소중히 생각하는지 몰라서 그래!" 파이드라는 펄쩍 뛰었다. 그러고는 "이 문제는 다이달로스도 도와줄 수 없을걸." 하고 중얼거렸다.

다이달로스는 아테네 최고의 건축가로서 크레타에 끌려와 미궁을 지은 장본인이다. 아리아드네는 도움을 구하기 위해 다이달로스를 찾았다. 다이달로스도 아테네의 젊은이들이 희생되는 것을 안타까워하고 있었기 때문에 기꺼이 도와주었다. "테세우스는 힘이 세고 용감하기로 소문난 아테네의 영웅입니다. 괴물을 죽일 수 있을 것입니다. 공주님께서 도와주실 수 있습니다."

"방법을 알려 주세요." 희망을 갖게 된 아리아드네가 재촉하였다.

"미궁은 들어가기는 쉬워도 나오는 길을 찾는 것은 불가능하도록 설계되었지요. 오늘 중으로 은밀히 왕자를 만나셔야 합니다. 이 실타래를 전해 주세요. 그리고 들어갈 때 끝을 입구에 묶어 두고 실을 풀면서 들어갔다가 나올 때는 다시 이 실을 따라서 나오면 됩니다." 다이달로스가 자세히 설명해 주었다.

이렇게 하여 아리아드네의 도움으로 테세우스는 괴물을 죽이고 미궁에서 빠져나올 수 있었다. 일단 테세우스가 미궁에 들어간 이상 살아 나올 수 없다고 생각해서 경비도 허술했다. 테세우스는 아리아드네와 함께 크레타를 무사히 도망쳐 나올 수 있었다. 뒤늦게 이 사실을 알게 된 미노스도 괴물의 죽음을 내심 바라고 있었던지 지나간 일이라고 대수롭지 않게 넘겼다. 그후로 "아리아드네의 실타래"는 어려운 상황을 돌파하는 방법의 상징이 되었다.

그러나 테세우스와 아리아드네의 사랑은 이루어지지 못한다. 디오니소스가 그녀를 아내로 삼고자 마음먹었던 것이다. 디오니소스에게 사랑을 빼앗기고 실의에 차 아테네로 돌아온 테세우스는 다시 한번 놀라지 않을 수 없었다. 테세우스가 아테네를 떠나기 전에 자신이 살아 돌아오면 검은 돛 대신 흰 돛을 올리겠다고 아버지에게 말했었다. 그런데 테세우스가 이 약속을 잊어버렸고, 아이게우스는 검은 돛을 보고는 아들이 죽었다고 낙심하여 바다에 몸을 던져 죽고 말았다. 아이게우스가 죽은 바다라고 하여 에게Aigaíon 해로 불리기 시작했다.

그후 테세우스는 훌륭한 왕이 되어 아테네를 통치하였다. 아테네는 눈부시게 번성하기 시작했다. 테세우스는 결혼하여 아들 히폴리토스를 낳았지만 전쟁 중에 왕비를 잃었다. 테세우스는 크레타와 좋은 관계를 맺기 위해 크레타의 파이드라 공주를 새 왕비로 맞았다. 한편 히폴리토스는 아르테미스를 숭배하며 철저히 금욕적인 생활을 했고 사랑의 여신 아프로디테를 멸시하였다.

"아니, 이런 녀석이 있나! 아버지를 구해 준 게 누구인데 배은망덕도 유분수지. 내가 그냥 내버려둘 것 같으냐!" 화가 난 아프로디테가 혼내 줄 궁리를 하고 있었다.

아프로디테는 파이드라 왕비에게 에로스의 화살을 쏘아 히폴리토스를 사랑하도록 만들어 버렸다. 비록 자기가 난 자식은 아니지만 아들에게 연모의 정을 품다니! 파이드라의 고통은 말이 아니었다. 파이드라의 맘 고생을 안타깝게 생각한 몸종이 이러한 사실을 히폴리토스 왕자에게 알리고 왕비를 도와 달라고 부탁했다. 그러나 심성이 우직한 히폴리토스는 파이드라를 비웃으며 나무랐다. 파이드라 역시 자신의 사랑이 왜곡된 것임을 알고 있었기에 더욱 이러한 모욕은 참기 힘들었다. 그리하여 자신의 명예를 회복하고 싶은 파이드라의 욕구는 더욱 왜곡되게 표출되었다. 그녀는 왕자가 자신을 강간하려고 했다는 유서를 남기고 목을 매어 자살해 버렸다. 왕비의 죽음에 이성을 잃은 테세우스는 히폴리토스를 배에 태워 쫓아 버리고 포세이돈에게 배를 침몰시켜 달라고 요청했다.

아리아드네와 파이드라 자매와 함께 있는 테세우스

아리아드네와 파이드라는 크레타의 왕 미노스의 딸들이다. 테세우스는 아리아드네의 도움으로 미노타우로스를 죽인다. 후에 테세우스와 결혼하는 파이드라는 의붓아들 히폴리토스에게 연모의 정을 품어 불행한 죽음을 맞이한다. (이탈리아 화가 베네데토 제나리의 그림. 1702년)

사랑 자체는 아름다운 것이다. 오늘날 밸런타인 데이에 흔히 보는 붉은 하트에 꽂힌 에로스의 화살은 우리에게 참으로 낭만적인 상징이다. 그러나 그리스 신화에서 욕망에 불을 지르는 에로스의 화살은 죽음이나 파괴를 불러온다. 화살은 살인을 상징하는 고대 최고의 무기다. 오늘날로 말하면 대포나 미사일에 해당하는 것이다. 지나친 욕망의 통제가 아프로디테의 화를 불러오기도 하지만 통제할 수 없는 욕망을 일으키는 에로스의 화살은 파괴와 죽음을 불러오는 비극의 시작이다. 따라서 에로스의 화살은 인간의 욕망이 통제되지 않으면 결국 파멸과 죽음의 길을 가게 된다는 경고로 해석할 수 있다.

인간의 가장 소중한 재산

비극의 주인공 테베 왕 오이디푸스는 자신이 아버지를 죽이고 어머니와 살고 있다는 사실을 깨닫자 스스로 눈을 찔러 앞을 보지 못하게 되었다. 왕비도 스스로 목숨을 끊었다. 오이디푸스는 눈 먼 방랑자가 되어 비참한 인생을 마친다. 비극은 여기서 그치지 않는다. 기원전 5세기에 상연된 소포클레스의 희곡 『안티고네』의 줄거리는 다음과 같다. 오이디푸스에게는 두 아들과 두 딸이 있었다. 오이디푸스가 떠나자 왕위를 놓고 형제끼리 다투다가 에테오클레스가 왕이 되었다. 그러나 폴리네이케스는 왕위에 미련을 버리지 못하고 테베와 원한 관계에 있던 아르고스를 끌어들여 테베를 공격한다. 이 전쟁으로 형제가 모두 죽는다. 왕위 계승자가 모두 죽자 숙부 크레온이 왕이 되었다. 크레온

오이디푸스와 스핑크스

오이디푸스는 스핑크스의 수수께끼를 풀어서 테베의 영웅이 된다. 그러나 자신의 운명을 피하려고 했던 오이디푸스의 의지는 오히려 예정된 비극을 불러오고, 결국 자신이 테베에 재앙을 가져오는 원인이 되는 아이러니에 빠진다. (장 오귀스트 도미니크 앵그르의 그림. 1808년)

은 폴리네이케스를 반역자로 선포하고 시체를 묻지 못하게 하여 들짐 승의 먹이가 되도록 했다. 그리고 이를 위반하는 자는 돌로 쳐 죽이도 록 엄명을 내렸다. 오이디푸스의 딸 안티고네는 사랑하는 동생의 시 신을 내버려 둘 수 없었다. 그녀는 왕명을 거역하고 동생의 시신을 거 두어 정성껏 묻어 주었다. 이 사실을 알게 된 크레온은 대노하여 안티 고네를 잡아들였다.

"안티고네, 너는 어찌하여 왕의 명을 어기고 이런 못된 짓을 했단 말이냐? 폴리네이케스는 왕권에 눈이 멀어 수많은 테베인을 죽인 반 역자임을 모르느냐?" 크레온이 물었다.

"죽은 자는 누구든지 장례를 치르고 묻어 주어야 하는 것이 신들의 법입니다. 인간은 신의 법을 어길 수가 없습니다." 안티고네가 항변하 였다.

"선한 자와 악한 자는 같은 대접을 받을 수가 없다." 크레온이 잘라 말했다.

"하데스 신은 누구든 죽은 자는 동등하게 대합니다. 지하의 세계에 서는 차별이 없습니다." 안티고네는 이미 죽음을 결심하고 있었다.

"아버지, 테베 시민은 안티고네를 동정하고 있습니다. 죽은 동생을 묻어 준 것은 잘못이 아니며 오히려 올바른 일입니다. 독선적으로 결 정하지 마시고 다른 사람들의 의견도 들을 줄 아는 현명한 왕이 되어 주십시오." 안티고네를 사랑하고 있던 크레온의 아들 하이몬이 용서 를 간청하였다. 신하들도 왕자의 의견에 일리가 있다고 거들었다.

“안티고네를 우리와 함께 살도록 할 수는 없다. 깊은 동굴 속에 가두어라. 음식은 넣지 말아라. 그 속에서 굶어 죽는다면 그것은 우리의 책임은 아니다.” 자존심이 상한 크레온이 이렇게 지시하였다.

“묻어 주지 않은 시체를 먹은 독수리가 제우스의 화를 불러오고 있습니다. 인간은 실수하기 마련입니다. 늦기 전에 시정하셔야 합니다. 완고함이 언제나 좋은 것은 아닙니다.” 예언자가 크레온에게 경고했다.

“악한 사람은 악한 결과를 가져오게 마련이다. 예언자란 돈이나 받는 장사꾼에 불과해.” 불쾌한 크레온이 퉁명스럽게 말하였다.

“늦기 전에 안티고네를 동굴 속에서 구해 주십시오. 그리고 죽은 자에 대하여는 응분의 예의를 갖추어 묻어 주도록 하십시오. 그렇지 않으면 큰 재앙이 올 것입니다.” 예언자가 계속 경고했다. “인간의 가장 소중한 재산이 무엇인지 아십니까?”

“그게 무엇인가?” 큰 재앙이 온다는 경고에 불안해진 왕이 물었다.

“이성입니다.” 예언자는 이렇게 답하고는 떠나 버렸다.

불길한 예감을 떨칠 수 없게 된 왕은 안티고네가 갇혀 있는 동굴로 향하였다. 동굴 안에서 아들 하이몬의 울음 소리가 들렸다. 안티고네는 목을 매어 스스로 목숨을 끊었고 하이몬이 그 시체를 끌어안고 울고 있었다. 크레온이 나타나자 하이몬은 오열을 토하며 칼을 빼 들었다. 차마 아버지에게 칼을 꽂을 수 없었던 하이몬은 스스로 자기 목숨을 끊고 안티고네의 시체에 기대어 쓰러졌다. 크레온이 울부짖었다. “나의 완고함이 아들을 죽였구나. 아들과 함께 나의 자존심도 기쁨도 사라졌구나. 나의 행복을 시기한 신이 내 마음의 문을 닫은 것이야. 아, 불쌍한 인간의 운명이여!"

비극은 여기서 그치지 않았다. 이 소식을 전해 들은 왕비는 침실로 뛰어 들어가 목을 매었다. 크레온이 또 외친다. "오, 제우스 신이여! 어찌하여 이미 죽은 자를 또다시 죽이나이까?" 크레온은 왕비의 시체를 끌어안고 울부짖는다. "내가 죄인이야. 신이건 인간이건 아무도 원망할 자가 없도다. 모두 다 내 탓이야. 아! 불쌍한 인간, 내가 눈이 멀어 사랑하는 아들과 아내를 모두 죽이다니. 더 이상 살 수가 없구나."

연극은 여기서 다음과 같은 합창으로 막을 내린다.

오! 이성이여,
너만이 행복을 가져다 줄 수 있다.
신의 법은 존중되어야 하고
신은 우리의 경건함을 요구한다.

아! 어리석은 자여
너의 완고함과 사악함으로
치료할 수 없는 깊은 상처를 내었구나.
자신의 행동의 결과로 고통받을 때면
비로소 이성을 찾겠지,
아! 때는 이미 늦었구나.

안티고네 이야기는 고대 그리스 사회에 많은 쟁점을 제기했다. 왕의 명령이 갖는 정치적 권위, 죽은 자는 차별하지 않으며 시체는 친족이 묻어 주어야 한다는 종교적, 도덕적 의무, 그리고 여성의 정치적 발언이 금지된 사회적 관습 사이의 충돌이다. 권력, 정의, 관습 간에 무엇이 우선하는지에 대한 논란을 불러일으킨 것이다. 안티고네의 비극에 대한 아테네 시민사회의 반응은 내부 갈등이 내재한 사회는 숙명적으로 멸망하리라는 인식이었다. 사회적 안정을 위해 내부의 갈등은 반드시 해소되어야 한다는 문제의식이 우선적으로 제기되었다고 한다.

철학 이야기

철학 이야기

도덕적인 삶만이 함께 사는 사회를 이룬다
세상에서 가장 현명한 자의 열병

연극의 역할

내가 그리스에 부임한 지 얼마 안 되었을 때 한 그리스 친구가 우리 부부를 저녁에 초대했다. 친구를 많이 사귀어야 하는 것이 내 직업이기에 마다할 이유가 없었다. 그런데 초청장을 받아 든 나는 약간 당황했다. 저녁 시간이 9시 반으로 되어 있었기 때문이다. 그 시간까지 기다리려면 배가 고플 테니 우리는 라면을 하나씩 삶아 먹고 한참 쉬었다가 집을 나섰다. 그런데 9시 반 정각에 도착한 우리가 제일 먼저 온 손님이었다. 10시가 다되어서야 두 번째 손님이 도착했고 사람들이 다 도착하니 거의 11시가 되었다. 그제서야 시작된 저녁은 12시 반까지 계속되었다. 나는 나오는 하품을 참느라고 무척이나 애를 써야만 했다. 저녁이 끝나고 나니 이제부터 시작이라는 분위기였다.

그리스 사람들은 저녁식사를 매우 늦게 한다. 그리스 식당들은 저녁 8시 반에 문을 여는 것이 보통이며 11시가 되어야 성황을 이룬다. 기후가 비슷한 지중해 지역이 대부분 마찬가지다. 그리스를 이해하기 위해서는 그리스의 밤 문화를 이해해야만 한다. 밤 문화라고 해서 술이나 마시고 흥청대는 것으로 오해하면 안 된다.

그리스에서 가장 활동하기 좋은 시간은 해가 진 후부터다. 오후 햇빛이 강렬한 더운 시간에는 낮잠을 자고 저녁에 일어나서 활동하기 시작하는 것이다. 낮잠을 자기 때문에 밤에는 조금만 자도 아침부터 활동하는 데 지장이 없다. 나는 여름밤 그리스 해변의 쾌적함을 잊을 수 없다. 그래서 그리스 사람들은 일찍부터 야외 생활을 즐긴 것 같다. 건조한 기후라서 비가 올 염려도 없고 모기나 파리 등이 괴롭히지도 않는다. 실내 생활이 개인 생활이라면 야외 생활은 공동 생활이라고 할 수 있다. 그리스에서 일찍이 야외극장이 발전할 수 있었던 데는 이러한 그리스의 기후가 한몫했을 것이다.

우리는 연극의 기원을 고대 그리스에서 찾는다. 초기 민주주의가 시작된 기원전 6세기부터 연극이 공연되었다. 기원전 536년 제61회 올림픽 경기에서 시 낭송 대회와 함께 연극이 공연되었다는 기록이 있다. 연극의 소재는 물론 신화가 주류를 이루었다. 처음에는 중앙에 무대를 두고 관객이 둘러앉아 관람하는 형태로 나무 극장을 지었다. 기원전 5세기부터는 돌로 짓기 시작하여 그후 200년 동안 그리스 전역에 야외극장이 건설되었다. 지금은 대부분 폐허가 되었으나 잘 보존된 곳에서는 지금도 연극이 공연된다. 관객을 수천 명씩 수용할 수 있는 대규모 극장들인 것을 보면 당시 연극이 얼마나 성행했는지를 알 수 있다.

고대 그리스에서 글을 읽고 쓸 수 있는 인구가 어느 정도였는지는 정확히 알 수 없다. 역사가들은 그리스 도시국가 중 문화적으로 가장 번성하였다는 기원전 5세기 아테네의 경우 10에서 30퍼센트 정도가 글을 읽을 수 있었던 것으로 추정한다. 문자와 파피루스라는 종이는 있었으나 책을 만드는 일은 일일이 손으로 베끼는 작업이었으니 여간 어려운 일이 아니었을 것이다. 이러한 사정으로 보아 그리스 전체로는 문맹률이 매우 높았을 것으로 추측된다. 문맹률이 높은 사회에서 연극의 성행은 대중을 교육하는 효과가 높았다. 극작가에 의해 잘 구성된 신화나 사회 풍자극은 대중의 문화 수준을 높이고 또한 사고력을 키워 주었다. 연극의 내용이나 배우의 연기는 장안의 화제가 되었을 것이며 그에 대한 토론도 활발했을 것이다. 연극의 성행으로 아이스킬로스, 소포클레스, 에우리피데스, 아리스토파네스 등 훌륭한 극작가들이 배출되었다. 소포클레스는 스물여덟 살에 연극 경연 대회에서 우승하고 일생 동안 123편의 희곡을 썼을 정도다. 아리스토파네스는 당시 정치인이나 사회 지도층 인사를 대상으로 풍자극을 많이 썼다.

신화는 연극으로 공연되어 대중을 울리고 웃겼다. 신화의 세부 내용은 극작가에 의해 조금씩 변형되기도 하고 배우의 연기에 의해 강조점이 달라지기도 하면서 인간 사회의 문제점을 날카롭게 파헤쳤다. 그리스 신화에는 금기가 거의 없다. 자유로운 상상력의 세계다. 그 세계에서 인간은 스스로 창조하는 존재다. 인간은 신이 허용하는 범위 내에서 자유롭게 선택할 수 있었다. 그러나 그 선택의 결과는 자기 자신의 운명뿐만 아니라 다른 사람들의 운명에도 영향을 미쳤다. 신화의 세계에서는 인간 사회에 있을 수 있는 모든 일들이 일어난다. 이러한 신화 중에서도 연극으로 공연된 것은 대중의 관심과 흥미를 끄는 것들이었다. 따라서 그 내용을 놓고 자유로운 토론이 벌어지기도 했다. 이러한 토론은 사고력을 키워 주었고 많은 사상가들을 배출하는 토대가 되었다. 그래서 고대 그리스에서 철학이 발전하였는지도 모른다. 신화 가운데 논쟁적인 에피소드들을 앞에서 일부 소개했는데 여기서는 주로 고대 철학자들의 관심을 끌었던 주제를 몇 가지 더 언급하겠다.

행복이란 무엇인가?

기원전 5세기에 "우리 인간은 모두가 행복을 추구한다."고 주장한 소피스트들 가운데 프로디코스라는 인물이 있었다. 그는 헤라클레스가 인생의 갈림길에서 만난 선택의 문제를 제기하여 행복이 무엇인지에 대한 논의를 전개했다. 프로디코스는 우리의 욕망을 충족시키면서 동시에 가치 있는 일을 성취하고 존경을 받는다는 것은 어렵다고 주장했다. 인생의 여러 가지 길 중에서 선택의 불가피성을 지적한 것이다.

신화 속의 헤라클레스는 기쁨과 쾌락을 추구하는 길과 덕(德)의 길 중에서 하나를 선택해야 했다. 이 선택을 놓고 소크라테스와 아리스

헤라클레스의 선택

헤라클레스 앞에 나타난 두 여성은 덕(德)과 쾌락을 상징한다. 육감적인 포즈로 앉아서 헤라클레스를 유혹하는 쾌락은 인생의 기쁨을 약속하고, 덕은 인생의 성취와 존경, 그리고 진정한 행복을 약속한다. 이 그림은 영국의 정치가이자 철학자인 샤프츠버리 백작 3세가 덕에 관해 논한 자신의 저서에 사용할 일러스트로 주문한 것이다. (이탈리아 화가 파올로 드 마테이스의 그림. 1712년)

티포스 간에 토론이 벌어졌다. 아리스티포스는 소크라테스의 제자였
는데 쾌락의 윤리학을 정립한 키레네 학파의 창시자이다. 그는 인간
의 행복을 위해 언제나 자신이 원하는 것을 추구해야 한다고 주장했
다. 이에 대하여 소크라테스는 자신의 욕망을 통제하지 못하는 것은
매우 위험하다고 반박했다. 왜냐하면 자신의 욕망을 통제하지 못하는
사람은 자신의 욕망을 통제할 수 있는 사람에게 패배하기 마련이고
결국 그 지배를 받게 되기 때문이라는 것이다. 아리스티포스는 자기
의 욕망을 추구하면서도 타인의 지배를 받지 않을 수 있다고 믿었으
며 바로 이것이 행복이라고 주장했다. 소크라테스는 행복이란 인생의
어느 한 시점에서의 행복을 의미하는 것이 아니라 전 생애를 통틀어
행복한 인생인지를 보아야 하기 때문에 인생을 어떻게 보느냐가 중요
하다고 지적했다. 그리하여 행복에 대한 논쟁은 행복한 일생에 대한
문제로 확장되었다.

우리가 가끔 일상생활에서 벗어나 인생 전반에 대해 생각할 때가
있다. 특히 위기가 찾아왔을 때, 또는 삶의 어느 단계에서 인생의 목
표나 가치를 탐색하게 되는 것이다. 이것은 곧 "무엇이 행복인가?"로
이어지기 마련이다. 그만큼 행복에 대한 정의 추구는 앞으로도 끝이
없을 것이다.

쾌락주의자들은 인간이 욕망을 충족할 때 행복을 얻는다고 믿었다.
쾌락은 현재의 활동에서 얻어지는 것이며 현재의 활동이 모여 하나의
인생이 된다고 생각한 것이다. 맛있는 음식을 먹거나 아름다운 이성

과의 교제를 즐기고 친구들과 유쾌하게 대화를 나누는 행위 등이다. 물론 이러한 행복론은 지나치게 단기적이라는 비판을 받았다.

대표적인 쾌락주의자 에피쿠로스는 쾌락을 단기적으로만 생각하는 것은 잘못이라고 반박하면서 쾌락을 두 종류로 분류했다. 하나는 앞서 설명한 대로 현재의 행동에서 얻어지는 쾌락이다. 다른 종류의 쾌락은 육체적 고통이나 정신적 고뇌가 없는 마음의 평화에서 오는 장기적인 것인데 이것이야말로 최고의 행복이라고 주장했다. 이러한 쾌락주의는 인생의 진정한 행복이 성취와 존경에서 온다는 점을 간과했다는 비판을 받았다.

스토아 학파로 불리는 금욕주의자들은 인생에서의 성취와 존경이 진정한 행복의 원천이며 이는 덕을 통해서만 이루어질 수 있다고 주장했다. 그 덕이란 도덕적으로 올바른 일을 하는 것이다. 덕 있는 사람은 도덕적으로 올바른 것이 무엇인지 확신이 있어야 하고 또한 그것을 위해 행동할 수 있어야 한다는 것이다. 그렇다면 도덕적으로 올바른 것이 무엇인가? 여기에서 인간 이성의 문제가 제기되었다. 감정을 억제하고 이성적으로 행동하는 사람이 덕 있는 사람일까? 그것은 오로지 자제력 있는 사람일 뿐 덕 있는 사람은 아니라는 것이다. 이성적 행동을 위해 감정을 억눌러야 하는 사람은 덕 있는 사람으로 보지 않았다. 진정으로 덕 있는 사람은 이성과 감정이 상충되지 않아야 한다.

아리스토텔레스는 덕만 있으면 행복하다는 데 동의하지 않았다. "덕 있는 사람이라고 그가 고문대에서도 행복할 수 있을까?" 돈, 사회적 지위, 아름다운 외모 같은 것이 행복을 보장하지는 않지만 행복을 위해서 어느 정도 필요하다고 보았던 것이다. 아리스토텔레스는 행복이 소유 자체에서 오는 것이 아니라 소유한 것을 어떻게 사용하느냐에 달렸다고 보았다.

그러나 플라톤과 스토아 학파는 행복한 인생을 위해 덕 하나로 충분하다고 생각했다. 돈, 건강, 사회적 지위 등이 있으면 좋겠지만 행복을 위해 꼭 필요한 것은 아니라고 주장했다. 더욱이 행복과 덕에 대해 생각하기 시작하는 시점은 인생의 한 과정 위에 있는 것이며 누구든지 과거의 경험과 이미 소유한 것이 있기 때문에 그것으로 족하다는 것이다. 그 당시 노예, 가난한 사람, 병든 사람 할 것 없이 누구든지 행복할 수 있다는 이 주장은 상당한 호소력이 있었다고 한다. 2세기 로마 시대에 마르쿠스 아우렐리우스 같은 황제나 에픽테투스 같은 노예도 금욕주의에 심취했던 것은 우연이 아니다.

행복을 덕을 통한 성취와 존경에서 찾을 것인지 또는 마음의 평화에서 찾을 것인지는 주관적인 선택이며 결국 인생관의 문제다. 그러나 헤라클레스와 같이 행복을 성취와 존경에서 찾으려고 했던 고대 그리스인들의 인생관은 사회 발전의 원동력이었다. 그리고 마음의 평화보다는 성취에서 행복을 찾으려고 했던 이러한 인생관이 오늘날의 서양 문명을 낳았을 것이다.

행복에 대해 말하다 보면 방글라데시가 생각난다. 내가 방글라데시에서 근무할 때 세계에서 방글라데시 사람들이 가장 행복한 사람들이

메데이아

플라톤은 메데이아의 내면에서 감정이 이성을 이긴 것으로 보는 반면, 스토아 학파는 메데이아가 분노하여 이성적으로 생각하지 못한 게 아니라 메데이아의 이성이 분노를 위해 작용한다고 주장했다. 19세기 영국 화가 앤소니 프리드릭 샌디스는 메데이아를 이성적으로 사고하는 인물로 묘사했다.

라는 조사 결과가 발표된 일이 있었다. 가장 불행할 것으로 생각되는 이 가난한 사람들이 스스로 제일 행복하다고 느낀다니 정말 행복이란 마음먹기에 달려 있는 모양이다.

이성과 욕망, 그리고 감정

메데이아는 아버지를 배신하고 오빠를 죽이면서까지 이아손과의 사랑을 위해 헌신한 여인이었다. 이아손이 자신을 버리고 코린트 공주와 결혼하자 철저한 보복을 계획한다. 코린트 왕과 공주 모두를 죽이고 자신의 두 아이들도 죽인다. 주로 억압받는 여주인공에 관심을 가졌던 에우리피데스는 「메데이아」를 연극으로 상연했다. 여기서 메데이아는 "내가 하고자 하는 것은 잘못된 것이다. 그러나 분노가 내 계획의 주인이구나. 이것이 인간의 최대 비극이 아닌가?"라고 외친다.

메데이아의 선택은 극단적인 경우지만 이처럼 우리 인간은 항상 크고 작은 내면의 갈등을 경험한다. 그리고 우리의 행동이 스스로에게도 신비로울 때가 많다. 이 문제가 고대 그리스 철학자들 사이에 중요한 논점을 제공했다. 플라톤은 메데이아의 행동을 통해 인간의 내면 세계를 분석했다. 그에 의하면 우리의 내면은 욕망, 이성 그리고 감정이라는 세 부분으로 구성되어 있다. 욕망은 술을 마시고 싶은데 이성은 건강에 해롭다고 술을 자제한다. 욕망에 굴복하면 우리는 화가 나거나 부끄러운 감정을 느낀다. 이렇게 분노를 일으키는 감정은 욕망이나 이성과는 다르다는 것이다. 욕망과 감정은 자기 부분밖에 모르지만 이성은 나의 이익을 전체적으로 생각한다. 그리하여 이성이 우리를 지배하는 것이 바람직하지만 3자 간의 충돌이 있는 한 내면의 갈등은 사라지지 않는다. 따라서 욕망과 감정은 억누르기보다는 교육을 통해 이성과 조화를 이루도록 해야 한다. 플라톤은 이 3자 간에 조화와 균형을 잘 이루는 것이 가장 행복한 인생의 형태라고 말한다.

그러나 스토아 학파는 우리 인간이 여러 부분으로 구성되어 있다는 플라톤의 생각에 동의하지 않는다. 메데이아 내면에 감정과 이성이라는 다른 두 부분이 있다는 것은 환상에 불과하며 오로지 한 인간으로서의 메데이아가 있을 뿐이라고 말한다. 메데이아는 남편에게 어떻게 복수를 할까 치밀하게 생각했고 그 방법을 인간 메데이아가 결정한 것이다. 메데이아 내면에서 감정이라는 부분이 이성이라는 다른 부분을 이긴 결과가 아니라는 것이다. 화가 난 사람은 이성적으로 생각할 줄 모르는 것이 아니라 그의 이성이 분노를 위해 작용하고 있다는 것이다. 감정은 이성의 한 종류일 뿐이며 인간은 어떠한 형태로 표출하든지 간에 이성에 근거하여 행동한다는 것이다. 따라서 스토아 학파는 "메데이아는 격노에 휩싸여 자신도 어찌할 수가 없었다."는 주장을 받아들이지 않는다. 남편의 배신에 대한 메데이아의 분노를 이해할 수 있고 그를 동정하는 것은 별개의 문제다. 메데이아는 자신의 행동이 잘못된 것이라는 것을 알았지만 남편을 철저하게 보복하기 위하여 다른 방법이 없다고 결론을 내렸기 때문에 아이들까지 죽이기로 의도적으로 선택한 것이다.

메데이아에 관한 연극은 요즈음에도 자주 상연되고 있다. 그리고 메데이아의 잔인한 행동이 자기도 어쩔 수 없었던 것인지 아니면 의도적인 것이었는지는 연출자의 의도와 배우의 연기에 달려 있다.

고대 그리스 철학자들은 일찍이 세상에 대하여, 그리고 우리 자신에 대하여 이해하고자 하였다. 아리스토텔레스가 말했듯이 인간은 모두가 지식을 추구하고 진리를 이해하고 싶어 한다. 행복의 문제나 우리 내면세계에 대한 고대 그리스인들의 궁금증은 2,500년이 지난 지금도 계속 되고 있지 않은가?

세상에서 가장 현명한 자의 열병

소크라테스의 친구가 델포이를 찾아 소크라테스보다 더 현명한 사람이 있는지 물어보았다고 한다. 델포이의 신 아폴론은 소크라테스보다 더 현명한 사람은 없다고 대답했다. 이 말을 전해 들은 소크라테스는 어리둥절했다고 한다. 소크라테스 자신은 아무것도 아는 것이 없다고 생각했고 또 그렇게 행동했다. 소위 지식깨나 있다는 사람들을 만나 많은 질문을 던졌으나 만족스러운 답을 듣지는 못했다. 소크라테스는 아폴론이 말하는 가장 현명한 사람은 자신이 얼마나 모르고 있으며 무식한지를 깨닫는 사람이라고 말했다.

소크라테스는 동료나 제자들과 많은 대화를 나누었다. 자신의 입장이나 주장을 밝히지 않고 주로 문제를 제기하고 다른 사람의 주장에 끊임없이 질문을 던지면서 진리를 추구했다. 이것이 소크라테스의 대

소크라테스의 죽음

소크라테스는 인류 문명에 길이 남는 유산을 남기고 기원전 399년에 자신이 사랑한 아테네 시민들에 의해 처형되어 70평생을 마쳤다. 소크라테스가 독약을 마시고 죽기 전에 아스클레피우스에게 빚진 닭 한 마리를 갚아 달라는 말을 남겼다. 고대 그리스에서는 병이 나으면 건강의 신 아스클레피우스에게 닭을 바치는 풍습이 있었다. 죽음을 앞두고 소크라테스는 자신의 의혹 가득한 일생을 열병에 비유한 것이다. (프랑스 신고전주의 화가 자크 루이스 다비드의 그림. 1787년)

화법이다. 정의가 무엇인가? 용기란 무엇인가? 우정은 무엇인가? 선은 무엇이고 덕은 무엇인가? 지식은 무엇인가? 소크라테스는 이처럼 기본적인 정의에서 시작하여 사고의 영역을 넓혀 갔다. 이전의 자연 철학자들이 주로 우주론과 자연에 대해 논한 데 비해 소크라테스는 인간 사회를 지탱하는 기본적인 관념에 초점을 두는 획기적인 태도를 보였다. 후에 키케로는 소크라테스를 "철학을 하늘에서 끌어내렸다." 고 평했다. 요즈음 우리 사회에 교육에 대한 관심이 많다. 가장 좋은 교육 방법은 지식을 전달하는 강의식보다는 학생들에게 질문을 던지고 스스로 대답을 찾도록 하는 것이라고 한다. 질문 자체도 학생들 스스로 만들어 보도록 하면 더욱 효과적이라고 한다. 소크라테스의 대화법을 다시 한번 음미해 보게 한다.

소크라테스가 남긴 저서는 하나도 없다. 제자들이 소크라테스의 대화 내용을 책으로 편찬했는데 대표적인 것이 『국가』와 같은 플라톤의 저서들이다. 플라톤은 소크라테스를 가장 모범적인 철학자로 존경하였다. 소크라테스의 질문과 자기비판은 자만에 빠진 독선을 거부했다. "면밀히 검토되지 않은 인생은 살 가치가 없다."는 그의 지적은 인간의 핵심 가치가 무엇인지를 두고두고 생각하게 하는 것이다. 자기비판과 자신에 대한 검토가 너무 지나치면 혼란에 빠질 수도 있다. 소크라테스는 자기비판이라는 테스트를 극복하고 영웅적 삶을 산 철인이었다. 끝없이 지혜를 추구하고 도덕성을 지키는 것을 우리의 이상으로 생각하는 한 소크라테스는 우리의 모범으로 영원히 남게 될 것이다.

기원전 468년에 태어난 소크라테스는 인류 문명에 길이 남는 유산을 남기고 기원전 399년에 자신이 사랑한 아테네 시민들에 의해 처형되어 70평생을 마쳤다. 그 당시에는 재판이 끝나면 바로 사형이 집행되는 것이 관례였으나 신성한 행사가 겹치는 바람에 소크라테스는 한 달 동안 감옥에 갇혀 있어야만 했다. 고대 그리스 시민들이 모여 민주 정치를 실현하던 바로 그 언덕 밑에 소크라테스가 갇혀 있던 감옥이 남아 있어 우리의 발길을 끈다. 소크라테스는 독약을 마시고 죽기 전 마지막으로 "아스클레피우스에게 닭 한 마리 빚지고 있으니 잊지 말고 갚아 주게."라고 말하였다. 이 소크라테스의 유언을 놓고 마치 소크라테스가 조그마한 빚도 잊지 않고 갚는 매우 정직한 사람이라는 식으로 오해하는 사람들이 적지 않다. 그것은 아스클레피우스가 누구인지를 모르는 데에서 오는 오해다.

아스클레피우스는 건강과 치료의 신이다. 우리가 가끔 병원이나 약국에서 보게 되는 뱀이 바로 아스클레피우스를 상징하는 아이콘이다. 아스클레피우스는 의술이 뛰어나 죽은 사람도 살려내는 경지에 이르렀다. 이렇게 인간이 죽지도 않고 오히려 죽은 자들도 살아나자 죽음의 세계를 관장하는 하데스의 분노를 사게 된다. 제우스는 신의 질서를 위반하였다고 하여 아스클레피우스를 벼락으로 죽여 버린다. 고대 그리스인들은 아스클레피우스가 벼락을 맞고 죽었다는 곳에 신전을 짓고 이곳에서 병의 치료를 기원했다. 이 신전에 모여든 환자들을 위해 야외극장을 지었는데 이 극장의 원형이 잘 보존되어 아직까지도 공연이 이루어지고 있는 에피다우로스 극장이다. 관객을 1만 5000명까지 수용할 수 있는 규모로 보아 당시 아스클레피우스 신전에 모여든 환자들이 얼마나 많았는지 짐작할 수 있다. 아스클레피우스 신전은 그리스 각지에도 세워졌는데 아테네에서는 소크라테스가 갇혀 있던 감옥에서 멀지 않은 아크로폴리스 언덕 바로 밑에 있었다.

고대 그리스에서는 병이 낫아 건강이 회복되면 감사의 뜻으로 이 신에게 닭을 제물로 바치는 관습이 있었다. 그렇다면 소크라테스는 과연 무슨 병이 치료되어 아스클레피우스에게 빚을 지게 된 것일까? 이와 관련하여 셰익스피어는 인간의 일생을 열병에 비유하고 죽음에 대하여 "열병이 낳은 후 고이 잠든다."고 표현한 바 있다. 죽음의 목전에서 병을 치료해 주는 건강의 신에게 고마움을 표시한 소크라테스의 말을 생각나게 한다. 자신이 얼마나 모르는 것이 많은지를 깨닫는 사람이 현명한 사람이라고 생각했기에 조금이라도 더 알고자 했던 소크라테스의 의혹 가득한 일생은 과연 열병이었던 것인가?

비판적 목소리의 죽음

연극이 보편화되었던 고대 그리스에서는 정치인이나 사회 지도자들을 다룬 풍자극도 유행했다. 기원전 423년 소크라테스가 40대 후반에 활약하면서 아테네에서 명성을 얻고 있을 무렵 극작가 아리스토파네스가 희곡 「구름」에서 소크라테스를 풍자했다.

연극의 줄거리는 이렇다. 아들의 낭비벽으로 빚에 쪼들린 아버지가 아들을 소크라테스에게 보내 법정에서 채권자를 이길 수 있는 변론술을 배워 오도록 한다. 그러나 이 아들은 묘책을 배워 오기는커녕 아버지의 지시에 무조건 복종하는 사회적 관습을 비난하면서 인간의 본성에 따라 올바르게 행동하는 것을 배운다. 이에 화가 난 아버지는 소크라테스의 집에 불을 지른다.

이 연극에서 소크라테스는 당시 아테네 사회의 근간을 이루고 있던 부모의 절대적 권한에 도전하는 것으로 묘사되고 있다. 물론 소크라테스가 소피스트도 아니고 또 부모의 권위를 문제 삼지는 않았지만, 우리는 이 작품을 통해 소크라테스가 당시 불합리한 관습과는 다른 사상을 가졌고 비정통적인 가치를 가르쳤다는 점을 엿볼 수 있다. 소크라테스가 신의 존재를 부정하는 듯한 발언을 한 것도 사실이다. 소크라테스는 당시의 윤리와 정치적 관행을 신랄하게 비판했다고 한다. 소크라테스는 주로 윤리 문제를 가지고 토론하였고 정치 문제에는 별로 관여하지 않았으나 당시 대중 민주주의의 문제점만은 지적하였다고 한다.

기원전 404년 아테네와 스파르타 간의 긴 전쟁은 스파르타의 승리로 끝이 났다. 소수 엘리트가 통치하는 과두 정치 체제를 가진 스파르타의 승리는 아테네 정치에도 타격을 주었다. 스파르타의 압력에 굴하여 아테네 민회는 30인의 소수 그룹에게 통치권을 이양하는 법안을 통과시켰다. 그리하여 민주 정치가 뿌리를 내리고 있던 아테네에도 과두 체제가 수립되었는데 그 지도자 중에는 소크라테스와 가깝게 지낸 사람도 있었다. 새 지도자들은 민주주의자들을 살해하고 탄압하였다. 많은 시민들이 아테네를 떠나 망명길에 올랐다. 결국 과두제의 폭정에 항의하는 민주파의 반격으로 과두 지배 체제는 8개월 만에 무너지고 다시 민주주의가 회복되었다.

민주주의 지도자들은 과두제 지도자들에게 보복하지 않았다. 이러한 관용은 민주주의에 대한 아테네 시민의 지지를 더욱 튼튼히 했다고 한다. 과두제의 지도자 크리티아스의 묘 비석에는 "짧은 기간이나마 아테네 군중의 오만을 통제한 탁월한 지도자를 기념하여"라고 쓰여 있다.

그리고 몇 년이 지난 기원전 399년 소크라테스는 "신을 부정하고 젊은이들을 타락시킨다."는 애매한 죄목으로 고소를 당했다. 소크라테스를 고발한 세 사람 가운데 하나인 아니토스는 혁명을 통해 복위한 민주주의 지도자였다. 소크라테스의 제자 플라톤과 크세노폰이 작성한 변론이 전해져 내려오고 있으나 실제로 변론에 사용되었는지는 확실치 않다. 소크라테스는 자신의 변론을 거부하였다고 한다. 500명의 배심원으로 구성된 법정에서 280 대 220으로 유죄가 확정되었고 360 대 140으로 사형이 확정되었다. 당시 재판 기록이 상당히 보존되어 있으나 소크라테스에 대한 기록은 유감스럽게도 남아 있지 않다.

아테네 시민들이 소크라테스를 처형한 정확한 이유는 알 수 없다. 당시 엘리트로 구성된 소수의 과두 정치와 직접 민주 정치를 주장하는 양 세력 간의 대립으로 빚어진 정치적 혼란과 관련 짓는 견해가 일반적이다. 소크라테스가 직접 민주주의에서 생길 수 있는 대중 정치의 문제점을 지적한 것이 엘리트 소수 지배를 옹호한 것으로 오해되어 반민주적 인사로 지목되었을 가능성이 높다. 그렇다면 소크라테스의 목소리를 권력으로 억압한 이 사건은 비판적 언론에 관대했던 당시 아테네 민주주의의 오점으로 기록될 것이다.

소크라테스가 사형 집행을 기다리며 감옥에 갇혀 있는 동안 제자들은 탈옥을 권유했다. 그리고 거액의 벌금을 내면 석방되는 길도 있었다고 한다. 소크라테스는 배심원들의 오판이 있더라도 자신을 키워 준 아테네의 법을 지키겠다고 하여 죽음의 길을 선택했다. 소크라테스는 아테네 시민이 결정한 사형을 기꺼이 받아들임으로써 민주 정치를 실천하고 있던 아테네의 충실한 시민임을 입증해 보인 것이다.

신화 읽기

고대 그리스의 종교가 무엇이냐고 묻는다면 간단히 답하기가 쉽지 않다. 신화에서 보듯이 고대 그리스에서는 여러 신을 믿었다. 성경이나 불경 같은 경전이 있는 것도 아니고 특별히 교리가 있는 것도 아니다. 제우스, 헤라, 아테나, 아폴론, 아르테미스, 포세이돈, 아프로디테, 헤르메스, 헤파이스토스, 아레스, 데메테르, 디오니소스 등 올림포스의 열두 신들을 숭배했다. 아테네의 수호신은 아테나였다. 지역에 따라 다르지만 제우스와 아폴론은 어디서든지 숭배의 대상이었다. 이 외에도 건강의 신 아스클레피우스를 숭배하는 것과 같은 특별한 종파도 있었다.

대부분의 종교 의식은 개인적이라기보다는 집단적으로 이루어졌다. 신전에 모여 제물을 바쳐 제사를 지내고 체육 대회나 연극 경연 등의 축제가 중심이 되었다. 여자들의 종교 행사는 데메테르나 아르테미스 같은 여신의 신전에서 이루어졌다. 그리스 전체적인 행사로는 올림피아, 델포이, 코린트 등에서 개최된 체육 대회와 아테네 대축제 같은 것이 있었다. 그러나 대부분의 종교 행사는 도시국가별로 개최되었다. 전문적인 종교인은 없었다고 한다. 신전을 관리하거나 종교 행사를 주관하는 사제들이 있었으나 아마추어 수준이었다고 한다. 심지어 투표나 추첨으로 사제를 선출하는 경우가 대부분이었다고 하니 종교 행사도 비교적 자유로운 분위기였던 것 같다. 여러 신을 숭배해서인지 독선적이지 않았고 이교도에 대해서도 관대했다.

가장 적절한 제물이 무엇인가에 대한 문제가 제기되었다. 많은 동물을 제물로 바쳐 온 큰 부자가 델포이를 찾아 누가 가장 좋은 제물을 바쳤는지 물어본 적이 있다고 한다. 자기 자신일 것으로 기대했는데 아폴론은 다른 사람이라고 하였다. 그 사람은 첫 번째 수확한 과일을 바친 것뿐이었다고 한다. 이 이야기는 첫 수확의 과일이나 곡물이 적절한 제물이며 사람과 같이 생명이 있는 동물은 적절치 않다는 주장의 근거가 되었다. 기원전 3세기의 철학자 포르피리는 신에 대한 최고의 제물은 신에 대해 명상하는 것이라고 했다.

고대 그리스에서 일찍이 신을 숭배하는 것과 신화를 믿는 것은 구별되기 시작했다. 기원전 8세기 호메로스가 모든 인간의 잘못을 신의 작용으로 묘사하고 있는데 대하여 기원전 6세기의 자연철학자 크세노파네스는 동의하지 않았다. 호메로스의 신화와 종교관을 비판하기 시작한 것이다. 자연철학자들은 특이한 자연 현상을 가지고 미래를 예측하는 예언을 믿지 않았다. 히포크라테스 같은 의학자들도 인간의 질병과 치료를 신과 관련짓는 것을 거부했다. 역사학자 투키디데스도 역사의 흐름에서 신의 작용을 인정하지 않았다.

기원전 5세기에 아버지가 노예를 살해한 것을 고발한 아들이 있었다. 이 아들은 자신을 비난하는 사람들을 향해 아버지와 맞서 싸운 제우스를 숭배하면서 자기를 비난하는 것은 모순이라고 항변하였다. 사실 그리스 신화는 아들이 아버지의 부정에 항거하는 것으로 시작된다. 비록 아버지나 왕이라고 하여도 잘못이 있으면 비판할 수 있는 것이었다.

소크라테스는 시인들이 전하는 신화를 모두 믿을 수는 없다고 하면서 신화 중에서 비도덕적인 내용은 아이들에게 들려주면 안 된다고 가르쳤다. 플라톤은 신과 신이 싸우는 것은 사실이 아니며 이러한 이야기는 국가나 가정의 화목을 위해서도 도움이 되지 않는다고 지적했다. 또 어머니가 아이들에게 신화 이야기를 들려주는 것을 전적으로 경계했다. 아리스토텔레스도 신화를 그대로 받아들이지 않았다. 그러나 이들은 신화를 거부하면서도 신의 존재나 전통적 종교 의식에 대해서는 그 필요성을 인정했다. 이들이 종교 의식의 필요성을 인정한 것은 소크라테스가 신성 모독으로 처형되었기 때문이라는 설도 있다. 특히 플라톤은 이상국가를 건설하는 데 있어서 신의 역할을 중요시하였다. 플라톤은 진정한 신앙은 도덕적 의도와 행동에 달려 있다고 생각했다. 신이 도덕적이고 정의로운 존재라는 것을 전제로 하고 있는 것을 보면 부도덕한 내용이 많이 포함되어 있는 신화를 거부하는 이유를 이해할 수 있다.

윤리 철학자 에피쿠로스는 신을 인간의 이상향에서 유추된 지적 이미지라고 생각했다. 에피쿠로스에게 이 세상은 신에 의해 창조된 것도 아니고 신이 세상사에 관여하지도 않는다. 따라서 인간사를 지배하는 신의 섭리도 없다. 그러나 에피쿠로스는 종교 행사에는 참석하였다고 한다. 한편 최소한의 필요만 충족하는 것이 행복이라고 가르쳤던 통나무 속의 철학자 디오게네스는 종교적 행사에 한 번도 참여한 일이 없었다. 그는 신전의 물건을 훔치는 등 당시 신성 모독으로 인정된 행동을 해도 아무 잘못이 없다고 주장할 정도였다.

스토아 학파는 신은 하나밖에 없으며 신은 세상에 내재하는 합리적 원칙과 같은 것이라고 하였다. 기원전 3세기 스토아 철학자 클레안테스는 제우스에게 바치는 찬송에서 "이 세상 모든 것은 당신의 것이며 당신에게 복종할 것이다. 당신 없이는 아무것도 이루어질 수 없다."고 제우스 신만을 찬양하였다.

신화가 고대 학자들 사이에 토론의 원료를 제공했지만 이들은 한결같이 역사적 진실로서의 신화를 거부하고 있는 것은 흥미롭다. 그리스 신화에 부도덕한 내용이 많은 것과 관련하여 지금도 어린아이들에게 읽혀야 할지 의문을 제기하는 사람들이 많다. 신화와 종교에 관한 고대 철학자들의 토론은 오늘날 신화를 읽는 우리에게도 많은 참고가 될 것이다.

육체와 영혼

소크라테스가 독약을 마시기 전 한 제자가 물었다. "선생님께서 돌아가시면 어떻게 묻어야 합니까?"

"마음대로 하게나." 소크라테스가 웃으며 대답했다. "너는 내가 죽은 후 네가 보게 될 나의 시체를 나라고 생각하고 어떻게 묻을지를 묻는구나. 내가 이 독약을 마시면 나는 더 이상 너와 함께 있지 않고 행복한 곳으로 떠날 것이다. 그러니 기뻐해야지. 네가 묻게 될 나의 육체는 이미 내가 아니니 내가 알 바 아니네. 네 마음대로 하거라."

이 말은 인간이 죽은 후에 영혼이 살아남는다는 것을 전제로 한다. 이 세상을 보고 듣고 느끼는 것은 육체의 감각이지만 사물을 이해하는 것은 영혼이라는 것이다. 영혼은 육체를 지배하지만 육체에 의해 영향을 받기도 한다. 그 관계를 이해하기 위한 논쟁은 한이 없었다.

플라톤은 영혼은 스스로 움직일 수 있다고 했다. 죽어 있는 것은 스스로 움직이지 못하고 외부의 힘에 의해서만 움직인다. 스스로 움직이는 것은 살아 있는 것이다. 플라톤에 의하면 우주는 전체로서의 영혼을 가지고 있으며 인간 개인의 영혼은 우주 영혼의 일부분이다. 그리하여 개별적인 영혼의 문제를 피할 수 있었다. 플라톤은 이 문제에 답하기 위해 노력했지만 결국 해결하지는 못했다. 그러나 플라톤은 영혼은 육체와는 다른 존재라는 것, 영혼은 죽은 후에도 영원히 살아남는다는 것, 그리고 인간은 죽은 후에 자기 삶에 대한 심판을 받을 것이라는 것 등을 믿었다. 그리하여 현재의 삶이 도덕적이어야 한다는 것을 강조했다. 이러한 플라톤의 사상은 훗날 기독교가 전파되면서 재조명된다.

요즈음 우리 장례 문화에 대한 비판이 많다. 죽은 후까지도 육체에 지나치게 신경을 쓰는 것은 아닐까? 영혼과 육체에 대한 소크라테스의 말을 한번쯤 음미해 볼 필요가 있다는 생각이 든다. 사람이 죽은 후에 영혼이 살아남는지, 아니면 무(無)로 돌아가는지 나는 알지 못한다. 그러나 우리가 죽은 후에 아무것도 남지 않는다면 인생이 너무나 허망하지 않겠는가? 그래서 우리가 죽은 후에도 영혼이 살아남아 주기를 바라는 마음이 간절하며 또 그렇게 믿고 싶다. 이러한 희망이 바로 종교의 시작이 아닐까? 이와 관련한 우리 인간의 끝없는 질문은 계속될 것이지만, 이것은 이미 지식의 영역이 아니고 소망과 믿음의 세계일 것이다.

이성이 지배하는 이상적인 사회

고대 그리스 철학자들은 인간의 행복에 대하여 생각하고 인간의 내면세계를 분석했다. 그리고 덕이 있는 인간, 이성이 감정과 욕망을 통

아테네 학당

중앙에 플라톤과 아리스토텔레스를 중심으로 고대 그리스 철학자들이 모여 있다. 플라톤이 이데아
라는 이상을 구현하는 상징으로 손가락을 하늘을 가리키고 있는 반면, 보다 현실 세계에 주목했던
아리스토텔레스는 『윤리학』을 들고 손을 땅을 향해 뻗고 있다. 계단 한복판에 망토를 깔고 비스듬
히 누워 있는 사람이 명예와 부를 멸시했던 디오게네스이고, 대리석 탁자에 턱을 괴고 앉아 있는
사람이 헤라클레이토스다. (이탈리아 르네상스 화가 산치오 라파엘로의 그림. 1510년)

제하는 조화로운 인간을 이상향으로 생각했다. 그러나 인간은 혼자서는 살 수 없다. 따라서 인간의 행복은 자신이 속해 있는 사회에 의해 영향을 받기 마련이다. 인간의 행복이 성취와 존경에서 얻는 것이라고 생각한다면 더욱 그러할 것이다. 성취와 존경은 공동 사회에서 이루어지기 때문이다. 그렇다면 어떠한 사회가 인간의 행복을 보장해 줄 수 있는 이상적인 사회일까?

플라톤은 사회도 인간과 마찬가지로 이성이 지배하는 사회가 이상적이라고 생각했다. 사회는 이해 관계가 서로 다른 다양한 사람들로 구성되어 있다. 사회 구성원이 모두 자기 이익만을 추구한다면 그 사회는 혼란에 빠지게 될 것이다. 그리하여 일부 계층의 이익이 아니라 사회 전체의 공동 이익만을 추구하는 사람들에 의해 통치되는 사회가 이상 사회다.

자신의 이익을 버리고 공익만을 추구하는 사람들이 과연 있을까? 플라톤은 경제 활동에 종사하는 사람들은 자기의 이익을 앞세우기 때문에 정치적 지배 계층에서 제외되어야 한다고 생각했다. 사적 이익을 버리고 전체 이익만을 생각하기 위해서는 가족이나 개인 재산이 없어야 한다고 생각했다. 그리고 이러한 이상적인 지배 계층을 "수호자"라고 불렀다. 한편 플라톤에게 전통적 가정은 이기적이고 외부에 대해 적대적인 집단이었다. 플라톤은 여성도 남성과 같은 사회적 역할을 할 수 있다고 믿었으며 그 당시 여성의 사회적 지위에 문제가 있음을 지적했다. 이러한 주장은 당시로서는 가히 상상할 수 없을 정도로 혁명적인 것이었으며 2,000년이 지난 후 19세기에 이르러서야 비로소 심각히 검토되기 시작했다.

플라톤은 기원전 427년에 태어나 80세까지 장수했다. 소크라테스의 제자로서 많은 저서를 남겨 소크라테스의 가르침을 후대에 전했으며 아카데메이아를 세워 후학을 양성하기도 하였다. 플라톤이 살던 아테네는 대중민주주의를 실천하고 있었다. 플라톤도 당시 끊임없이 논란이 되고 있던 대중민주주의의 문제점을 지적했던 것 같다. 그리하여 플라톤의 주장이 지나치게 이상적이라든가 또는 엘리트주의라는 인상을 준 것도 사실이다.

플라톤은 "나는 왜 도덕적이어야 하는가?"라는 질문에 대한 답을 찾고 있었다. 그리고 도덕적이라는 것은 나의 이익보다는 남의 이익과 사회 공동의 이익을 앞세우는 것으로 생각했다. 그렇다면 나의 이익이 희생되는 삶이 과연 행복을 가져다 줄까? 도덕적인 사람들이 통치하는 사회가 가장 이상적이라는 플라톤의 이상국가론은 바로 이러한 질문에 대한 답이 아니었을까 생각된다. 통치자의 도덕은 사회를 위해서뿐만 아니라 개인의 행복을 위해서도 필요했던 것이다. 통치자들이 도덕성을 잃고 개인의 이익을 추구하다가 성취와 존경이라는 행복을 잃어버리는 사례가 너무나 많은 것을 보면서 다시 플라톤을 생각하게 된다.

19세기 중엽까지도 민주주의는 훈련되지 않은 군중에 의한 우매한 대중 정치로 업신여김을 당했다. 고대 아테네 민주주의에 새로운 관심을 갖게 된 것도 그후의 일이다. 민주주의에 대한 관심이 새로워지면서 고대 아테네 민주주의에 대한 플라톤의 견해가 재조명을 받게 된 것은 오히려 당연한 결과였다. 플라톤 사상은 근대 정치와 철학의 기초가 되었다고 해도 과언이 아니다. 플라톤은 오늘날에도 정치학과 철학을 연구하는 학생들에게는 필독서다.

21세기 미국을 움직이는 플라톤

나는 그리스에서의 첫 근무를 결코 잊을 수 없다. 출근 첫날 퇴근하는 길에 비서로부터 CNN을 보라는 연락을 받고 집에 도착하자마자 텔레비전을 켰다. 뉴욕에서 제일 높은 세계무역센터 쌍둥이 건물 중의 하나가 불타고 있었다. 잠시 후에 한 여객기가 두 번째 건물에 부딪히면서 두 건물이 무너져 내리는 것을 실제 상황으로 지켜보았다. 도저히 믿을 수 없는 장면이었다. 마침 아들아이가 세계무역센터 부근에서 근무하고 있어 상황도 물어볼 겸 전화를 했으나 이미 미국과의 통화가 불가능한 상태였다. 네 시간이 지나서야 가까스로 연결되어 아이의 안전을 확인할 수 있었다. 이렇게 세계에 엄청난 충격을 준 9·11 테러는 이미 세계 역사의 흐름을 바꾸고 있는지도 모른다.

세계는 미국의 움직임에 촉각을 세웠다. 21세기 들어 처음 실시된 미국 대통령 선거의 승자는 공화당의 조지 부시였다. 서방 언론을 통해 심심찮게 미국을 움직이는 사람들에 대한 기사를 보게 된다. 프랑스, 독일 등 유럽 우방들의 반대에도 불구하고 미국을 중심으로 한 연합군이 이라크를 침공한 이후에는 더욱 그러했다. 미국의 공화당 정부를 움직이는 사람들이 대부분 시카고 대학 교수였던 레오 스트라우스의 제자들이라는 사실은 잘 알려져 있다. 스트라우스는 1973년에 이미 사망한 인물이지만 공화당 정부에 대한 그의 영향력은 아직 막강하다고 한다. 나는 외교단 모임에서도 스트라우스에 대한 이야기를 자주 들었다. 독일계 유대인 출신인 스트라우스는 고대 그리스 정치철학을 전공했다. 그는 미국에서 행태주의 정치학이 강하던 시기에 정치철학의 가치를 일깨워 준 인물이다. 『크세노폰의 소크라테스 강연』이라는 책을 내기도 했지만 주로 플라톤의 이상국가에 많은 관심을 가졌다고 한다. 스트라우스는 자유민주주의의 약점은 폭군의 위험성을 과소평가하는 것이라고 지적하면서 개인적 덕의 개발을 강조했다.

유럽의 언론은 자유를 지상명제로 생각하던 미국의 보수주의자들이 자유보다는 덕과 도덕에 더 관심을 갖기 시작했다고 평가했다. 부시 대통령은 매우 종교적인 사람으로 알려져 있다. 작은 정부를 목표로 내세운 부시는 교육부를 확대하고 도덕과 종교의 역할을 강조하기도 했다. 그래서 부시 대통령을 종교 근본주의자라고 비난하는 사람도 있었다. 보수주의의 대표자로 냉전을 승리로 이끈 레이건이 자유주의 경제학자 애덤 스미스의 신봉자였다면 부시는 플라톤의 신봉자인지도 모른다고 평가했다. 2,500년 전의 고대 그리스 사상은 아직도 살아서 세계 유일한 초강대국 미국을 움직이고 있는 것일까? 플라톤이 살아 있다면 과연 어떻게 생각할지 궁금하다.

유럽에서는 통합 유럽의 새로운 헌법을 미합중국의 필라델피아 모델에서 찾고 있는 반면에 미국은 유럽의 고대 정치사상에서 지혜를 찾고 있다면서 일부 유럽 언론에서는 미국과 유럽의 관계를 낙관하기도 했다. 미국과 유럽은 같은 서양 문화권이면서도 여러 면에서 다르다. 나는 미국과 영국에서 근무하면서 서로 다른 점을 느끼기도 했지만 특히 캐나다에서 유럽과 미국의 차이를 더욱 실감 있게 경험했다. 캐나다 사람들이 듣기 싫어하는 말 중에 하나가 캐나다가 미국과 비슷하다는 것이다. 이것은 마치 한국이 일본과 비슷하다는 말처럼 들리는 모양이다. 우리가 보기에는 비슷해 보이는데 캐나다의 역사와 문화를 들여다보면 그들의 반응을 이해할 수도 있다. 캐나다는 미국과 싸워 독립을 유지했다. 강대국을 이웃으로 두고 있는 것은 항상 마음이 편한 것만도 아니다. 여러 민족으로 구성된 이민의 나라이면서도 지향하는 목표가 다르다. 미국은 많은 민족이 하나로 합쳐지는 용광로melting pot를 지향한다면 캐나다는 다른 여러 민족과 문화가 서로 조화롭게 공존하는 모자이크 사회를 지향한다. 유럽은 통합의 과정에서 미국과 같은 용광로보다는 캐나다와 같은 모자이크 사회를 지향하고 있는 것 같다.

캐나다 사람들이 듣기 좋아하는 말 중에 "캐나다가 미국의 능률과 유럽의 고상함을 모두 갖추고 있다."는 칭찬이다. 나는 캐나다 친구들을 사귀기 위해 이 말을 가끔 써먹은 기억이 있다. 미국이 자유와 능률을 상징한다면 유럽은 전통과 문화를 상징한다고 할 수 있다. 나는 유럽에 근무하면서 유럽 사람들이 서방 세계에서 미국의 지도적 위치를 인정하면서도 문화적으로는 유럽이 앞서 있다는 자신감을 유지하고 있음을 알게 되었다. 앞으로 새로운 세계 질서를 형성해 가는 역사의 과정에서 미국과 유럽은 서로 협조하게 될지, 아니면 대결하게 될지…… 그것은 미국과 유럽의 내부 사정보다는 중동이나 중국과 같은 외부 정세에 의해 더 좌우될지도 모른다. 미래학자들의 최대 관심 중의 하나가 아닐 수 없다.

현명한 지도자가 이끄는 참여 정치

호메로스는 오이디푸스 비극에서 인간의 운명이 사악한 신에 의해 계획된 것으로 그렸다. 그리고 인간이 자신의 운명을 얼마나 모르고 있는가를 한탄했다. 고대 그리스에서 「오이디푸스」는 매우 인기 있는 공연이었다. 용기와 지혜로 테베 시민을 위해 의로운 삶을 살던 오이디푸스가 아버지를 죽이고 어머니와 살고 있다는 비극적 사실 앞에서 "제우스 신이여, 저를 어찌하시렵니까?"라고 절규한다. 관중은 인간의 비극이 신의 손에 좌우되는 것을 보면서 자신의 운명을 위로했을 것이다. 오이디푸스의 도덕적이고 의로운 삶도 비극적 운명을 피하지는 못했다. 그리고 진정 신의 뜻을 알 수 없는 인간으로서 지금 자기의 행동이 앞으로 어떤 결과를 가져올지 모른다고 공감했을 것이다.

이처럼 감정을 뒤흔들어 놓는 공연 앞에서 흥분한 관중의 분위기에 휩싸이지 않고 객관적이고 냉정하게 연극을 관찰하는 사람이 있었다.

아리스토텔레스는 연극의 내용보다는 사건의 흐름과 배우의 연기에 대한 관중의 반응에 더 관심을 갖았다. 그는 연극이 관중에 미치는 지대한 영향력을 발견한 것이다. 아리스토텔레스의 관심은 신에 의해 좌우되는 인간의 비극적 운명이 아니라, 관중을 움직이는 연출가와 배우의 연기에 있었던 것이다.

아리스토텔레스는 플라톤의 제자이자 알렉산드로스 대왕의 스승이기도 하다. 철학뿐만 아니라 논리학과 자연과학에도 능통하여 여러 분야의 학문을 개척했다. 아리스토텔레스는 리케이온이라는 학원을 만들어 후학을 양성했는데 그리스에서는 지금도 고등학교를 리케이온이라고 부른다. 당시 국가의 주요한 결정은 대중에 의해 투표로 결정되고 있었다. 대중 토론이 중요시되던 사회에서 언어는 정보를 전달하는 데 그치지 않고 결정을 내리는 데에 중요한 역할을 하고 있었던 것이다. 아리스토텔레스는 정책 결정 과정에서 정치 집회와 법정 연설이 시민의 투표와 최종 결정에 미치는 영향을 분석하기 시작했다. 그리하여 비평이라는 새로운 분야를 개척한 것이다.

민주 사회에서는 자신의 운명을 스스로 책임져야 할 뿐만 아니라 때로는 남의 운명도 결정하게 된다. 그리고 나의 운명도 남에 의해 결정되기도 한다. 따라서 개인의 생활은 불가피하게 자기가 속해 있는 사회에 의해 형성되고 좌우된다. 단체 행동은 개인 행동 하나하나의 집합체가 아니라 개인 생활을 지배하는 상위의 개념인 것이다. 그러나 모든 사람이 현명한 판단을 할 수 있는 능력을 갖추고 있는 것은

프닉스 언덕에서 연설하는 페리클레스

페리클레스는 기원전 5세기 후반에 아테네를 그리스의 정치, 문화의 중심지로 부흥시켰다. 페리클레스가 아테네의 민주주의를 공고히 하는 데에는 그의 웅변술이 한몫했다. 특히 페리클레스는 수사적이고 감정이 풍부한 연설에 탁월했는데, 펠로폰네소스 전쟁 첫해에 전사한 이들을 기리는 연설이 대표적이다. 그는 "권력은 소수가 아니라 시민 전체에게서 나온다."고 주장하면서 아테네 민주주의를 찬양했다. (필리프 폰 폴츠의 그림. 1852년)

아니다. 교육 수준이 낮았던 고대 사회에서는 더욱 그러했을 것이다. 현명한 판단을 할 수 없는 사람들에 의해 잘못 결정되는 데에서 오는 피해를 줄이는 방법을 찾아내는 것이 시급한 과제였다.

아리스토텔레스는 왕정, 과두 체제, 민주주의에 대해 분석하고 현명한 소수의 결정보다는 대중의 집단적 결정이 더 올바르다는 결론을 내린다. 그리고 민주주의의 핵심은 개인의 자유라고 믿었으며 자유가 없는 삶은 노예에 불과하다고 생각했다. 아리스토텔레스는 민주주의가 제대로 작동하기 위해서는 국가의 규모가 폴리스 이상으로 커지면 안 된다고 생각했다. 구성원 서로가 잘 알 수 있는 작은 규모이어야 한다.

아리스토텔레스가 대중민주주의 문제점을 전혀 보지 못한 것은 아니다. 가장 좋은 것은 현명한 지도자와 시민의 참여가 공존하는 형태다. 아리스토텔레스가 시민의 교육을 강조한 것은 아마도 이러한 대중민주주의의 문제점을 보완하기 위한 것과 관련이 있어 보인다. 아리스토텔레스는 개인의 자유를 강조하면서도 이상 사회를 위해서는 국가가 시민의 생활을 규제해야 한다고 주장했다. 개인의 자유에 대한 신념이 약해서인가? 개인의 자유와 국가 규제 사이의 조화 문제가 제기된 것이다. 이처럼 고대 그리스에서 시작한 민주주의 논쟁은 앞으로도 끝이 없을 것이다.

자유를 억압하는 독선

나는 언제부터인가 기원전이라고 하면 움막집과 토굴을 연상하며 원시 사회를 상상했다. 그런데 그리스에서 고대 유적지를 둘러보고 고대인의 생활상에 대해 이해하게 되면서 그동안 나의 고정관념이 얼마나 잘못된 것인지를 깨달았다. 고대 그리스인들은 오늘날의 기술로도 건설하기 쉽지 않아 보이는 건축물을 도처에 지었고 아름다운 조각으로 장식했다. 수천 명씩 모여서 체육 대회를 즐기고 연극을 감상하면서 학문을 발전시켰다. 고대 그리스인들이 사용했다는 반지나 목걸이, 그리고 금잔 등의 디자인이 오늘날 서울의 백화점에서 판매하고 있는 것에 전혀 뒤지지 않았다. 아니 오히려 더 정교하고 아름다웠다.

고대 아테네에서 이미 이성에 입각한 합리주의 사상이 싹트기 시작하였으며 불합리하거나 부도덕한 관습을 비판하기 시작했다. "인간이 만물의 척도"라고하여 신화적 세계관을 배척하였으며 자연현상을 과학적으로 설명하고자 노력하였다. 그리스 박물관을 돌아보면 그리스의 문명은 기원후에 들어서면서 오히려 후퇴했다는 느낌을 갖게 된다. 중세 유적이란 대부분이 속세를 떠난 듯한 곳에 세워진 수도원이 대부분이며 비잔티움 박물관에 진열된 것도 아이콘이라고 하는 성화가 대부분이다. 활발한 토론의 흔적도 사라지고 민주주의 전통도 사라져 버렸다. 역사가들이 중세를 암흑기라고 하는 이유를 쉽게 이해할 수 있었다.

기원이란 개념은 기독교가 보편화되면서 정해진 것이다. 예수의 탄생이 기준이 된 것뿐이다. 물론 기독교인의 입장에서 예수의 탄생이 갖는 의미가 얼마나 중요한지 모르는 바는 아니지만 최소한 인류 문명사에서는 원시와 문명을 나누는 기준이 될 수는 없다는 생각이 들었다. 역사를 기술하는 데 있어 기준 연도를 갖는 것은 중요하고도 필요한 것이다. 기원전에는 큰 행사를 기준으로 연도를 설명했다고 한다. 몇차 올림픽이 열린 해니 몇차 올림픽이 개최된 다음 해니 하면서 기술하였다고 하니 그 불편이 대단하였을 것이다. 그러한 의미에서도 기준 연도를 정한 것은 획기적인 발전임에 틀림없다.

기원전을 원시 사회로 보고 있던 나의 생각이 잘못된 것뿐이었다. 기원전에 이미 찬란한 문명이 있었다는 것을 알게 된 것은 그리스도의 탄생과 그의 기적적인 행적이나 이에 대한 당시 사회의 반응을 이해하는 데에도 도움이 되었다. 우리는 처녀가 잉태하여 출생한 것을 쉽게 받아들이지 못한다. 그러나 고대 그리스 사회에서는 신과 인간이 관계하여 아이가 생기는 것은 보편적인 이야기였고 신이 손만 대어도 아이가 생긴 이야기도 있었던 것을 보면 처녀의 출산을 인정하는 데에 별 문제가 없었을 것이다. 성서에 나오는 여러 가지 기적에 대한 이야기도 마찬가지다. 이처럼 찬란한 문명 세계에서 기독교가 쉽게 전파된 것은 그만한 이유가 있었을 것이다. 고대 그리스 사람들은 우매한 원시 사람들이 아니었다. 이미 인간과 우주에 관해 깊이 연구하고 있었고 종교와 철학이 발전했었다. 여러 신들이 좌충우돌하는

신화를 거부하기 시작했고 아름다운 이상 사회를 갈구하면서 도덕적
이고 사랑이 넘치는 신을 기다리고 있었는지도 모른다.

그러나 그들이 기다리던 신은 중세에 들어와 절대 신이 되어 독선
에 빠지게 된다. 그리고 고대 그리스 사회에서 최고의 가치로 인정되
던 자유의 사상은 억압되었던 것이다. 절대적인 권능을 가진 유일한
존재가 왜 비판을 두려워해야 했는지 알 수 없는 일이다. 그것은 절대
권력에 기대어 자신들의 이익을 추구하려는 성직자들에 의해 조작된
것인지도 모른다. 근세에 들어와 고대 그리스의 사상이 재발견되고
자유의 사상이 회복된 것은 너무나 다행스러운 일이다.

나는 언젠가 그리스 친구들과 이야기하면서 농담 삼아 고대 그리스
인들이 그렇게 찬란한 문화를 이룩한 우수한 민족인데 오늘날에는 왜
그 능력을 발휘하지 못하고 있냐고 물어본 적이 있다. 지금 그리스 사
람들은 그 당시의 같은 그리스 사람들이 아닐 것이라는 의외의 대답
을 들었다. 물론 가벼운 대답이었다. 그런데 고대 그리스인은 금발이
었다는 기록이 있는 것을 보면 반드시 농담만은 아닌 것 같다. 고대에
도 이미 그리스 사람들은 동으로는 흑해 연안으로, 서로는 스페인 해
안까지 진출해 있었다. 그리스가 로마에 정복된 이후에는 그리스의
많은 지식인들이 로마에서 가정 교사로 일했다. 또한 세월이 흐르면
서 민족이 이동하고 피가 섞였다. 유럽은 결코 큰 대륙이 아니다. 특
히 진취적인 사람들은 더 많은 성취를 위해 역사의 흐름에 따라 우월
한 문명지로 이동하는 것은 예나 지금이나 다름없었을 것이다. 많은

유럽인들이 신대륙을 찾아 이동했고 시골 사람들은 도시로 이동했다. 더 많은 성취를 위한 것이 아니고 무엇이랴. 요즈음 한국 사람들이 교육을 위해 해외로 진출하는 것이나 후진국 근로자들이 더 많은 소득과 기술을 배우기 위해 한국으로 모여드는 것도 그러한 현상이다.

4부

정치 이야기

정치 이야기

자유와 법치는 동전의 양면이다
아테네의 현자 솔론과 페리클레스

그리스의 반미 감정

나는 그리스에 부임하고 나서 그리스의 반미 감정이 대단하다는 것을 알게 되었다. 물론 국제적 상황과 시기에 따라서 다르겠으나 여론 조사 결과에 의하면 미국에 대해 좋지 않은 감정을 갖고 있는 비율이 유럽 국가 중에서 가장 높다고 한다. 민주주의의 발상지에서 반미 감정이 팽배해 있다는 것은 의외였다. 아테네 시내에서 자주 일어나는 시위도 거의 예외 없이 시내 중심부 신다그마 광장에 있는 국회의사당 앞에서 시작하여 미국 대사관 앞에서 끝났다. 반미 구호도 많다. 대부분의 시위가 과격하거나 오래가지는 않지만 교통 체증을 유발하여 여간 불편한 게 아니다. 운전 기사가 목요일 오후에는 시내에서 약속을 잡지 말라고 충고할 정도다. 그리스 사람들은 놀고 즐기기를 좋아해서인지 금요일이나 주말에 시위하는 경우는 매우 드물다. 그리스는 2차 세계대전 이후 미국의 원조와 지원을 받아 발칸 반도에서는 유일하게 공산화되지 않고 자유와 민주주의를 지킨 나라다. 공산주의의 팽창을 저지하기 위한 트루먼 독트린이나 마셜 플랜(유럽 부흥 계획)이 시작된 곳이 바로 그리스다.

나는 그리스가 우리나라와 유사한 점이 참 많다는 것을 알게 되었다. 우선 국민소득이 비슷하다. 1인당 국민소득은 그리스가 약간 높지만 인구가 1050만 명으로 우리보다 적어 경제 규모는 우리가 훨씬 크다. 소득이 비슷하면 생활하는 모습이나 생각도 비슷한 모양이다. 나는 여러 나라를 여행할 기회가 있었는데 우리와 같이 택시를 합승하는 것은 그리스에서 처음 보았다. 그리스 사람들의 성격이나 생활 방식이 여러 면에서 우리와 매우 비슷하다. 한국을 방문하는 그리스 사람들도 비슷한 느낌을 갖게 되는 모양이다. 국토의 규모도 비슷하고 산지가 많은 점과 북위 38도선에 위치한 반도 국가라는 것도 같다. 그리스는 유럽의 동남부에 위치한 반도로 바다를 건너면 터키가 있다. 우리는 아시아 대륙의 동부에 붙어 있는 반도로 바다를 건너면 일본이 있다. 그리스 서북부는 세계를 제패했던 유럽 대륙으로 이어지는 것은 중국을 이웃에 두고 있는 우리와 흡사하다.

그리스가 찬란한 고대 문명을 이룩하였음에도 불구하고 로마인에 의해 "노예"라는 뜻의 "그리스"라는 불명예스러운 국명이 붙여졌다. 그리스의 정식 국명이 헬레닉 공화국이라는 것은 이미 설명한 바 있다. 기원 후에도 계속해서 외세의 지배를 받아 왔고 15세기 중엽 이후에는 400년간이나 오스만 터키의 지배 아래 있었다는 사실은 우리의 불행한 역사를 상기시킨다. 비잔티움 시대에 그리스인의 자랑이었던 콘스탄티노풀은 터키에 의해 이스탄불로 이름이 바뀌었다. 그리스에서는 지금도 콘스탄티노풀이라는 이름이 많이 사용된다.

2차 세계대전 이후에는 공산주의와 대결한 최전선에서 자유를 지킨 것도 우리와 흡사하다. 대전 직후 그리스는 좌우익 간의 내전으로 한 집안에서 한 사람은 죽었을 정도라고 한다. 우리와 다른 것은 분단되지 않은 것뿐이다. 소련이 붕괴되고 공산주의가 거의 사라진 오늘날에도 공산당이 5퍼센트를 차지하고 있을 정도다. 한편 그리스는 한국전에 참전하여 우리와 함께 피를 흘려 자유를 지켰다. 5,200여 명의 병력이 참전하여 186명의 젊은이들이 목숨을 바쳤다. 일흔이 넘은 이들 참전용사들과 만나 한국전에 관한 이야기를 들을 수 있는 기회가 자주 있었다. 이들도 우리와 그리스의 유사한 점을 가끔 이야기하곤 한다. 그리스 어디서나 볼 수 있는 무궁화꽃도 우리의 마음을 푸근하게 해 준다.

그리스가 오늘날 발칸 반도에서 가장 부강한 나라로 성장하여 발칸의 맹주를 자처하고 나서는 것은 공산화되지 않고 서방의 일원으로 자유를 지키면서 경제를 건설할 수 있었기 때문이다. 공산화되었던 이웃 알바니아, 세르비아, 마케도니아, 불가리아 등은 모두 유럽에서 최빈국으로 전락하고 말았다. 자신을 지배했던 터키와는 미국을 중심으로 한 나토를 통해 동맹 관계에 있다. 지정학적 위치로 인한 터키의 전략적 중요성 때문에 미국이 터키를 더 중시한다고 불만이다. 미국을 정점으로 한 그리스, 터키 간의 삼각 관계는 아시아에서의 한미일 삼각 관계와 유사하다. 전 세계에서 우리와 가장 비슷한 나라를 찾아보라고 한다면 그리스가 아닐까?

오늘날 그리스의 발전에서 미국의 도움이 컸음에도 불구하고 이러한 역사적 배경과 지정학적 역학 관계가 그리스인들에게 반미 정서의 원인 가운데 하나로 작용한다. 그러나 나는 그리스 국민의 반미 정서의 뿌리에는 그리스 민주주의 전통이 자리하고 있음을 알게 되었다. 그리스의 좌우익 대립으로 혼란한 시기에 군사 정권이 들어선 적이 있었다. 이 점도 우리와 흡사하다. 그런데 1967년부터 1974년 사이에 있었던 군사 정부를 미국이 지원했다는 것이다. 2차 세계대전 이후 공산화되지 않은 유럽 국가들 가운데 유일하게 그리스에 독재 정부가 들어섰던 것이다. 그리스 사람들과 이야기를 나누어 보면 민주주의를 창조해 낸 민족으로서의 자부심이 대단하다는 것을 알게 된다. 이러한 사람들에게 군사 정부의 경험은 잊을 수 없는 치욕이었다. 이처럼 그리스 국민의 반미 정서의 뿌리에는 민주주의에 대한 자존심이 자리하고 있다. 클린턴 미국 대통령이 그리스를 방문했을 때 과거 미국이 군사 독재 정부를 지원한 사실에 대해 유감을 표명해야만 했던 것도 그리스의 민주주의에 대한 자존심을 의식한 것이었다.

그리스 국민의 일반적인 반미 감정이 반미 정책으로 연결되는 것은 아니다. 국가의 정책은 감정이나 정서에 좌우되지는 않으며 국익을 우선하기 마련이다. 그리스는 외교적으로는 미국과 매우 좋은 관계를 유지하고 있다. 아테네 시내 한복판에는 2차 세계대전 후에 그리스를 도와준 트루먼 대통령을 기념하는 동상이 있다. 이 동상이 자주 붉은 페인트 세례를 받곤 한다. 미국에 대한 애정과 미움이 혼재하는 그리스 사람들의 복잡한 마음이 표현된 현장이다.

견제와 균형

고대 그리스는 통일 국가를 형성하지 못하고 폴리스라고 하는 수많은 도시국가로 구성되어 있었다. 우리나라와 비슷한 영토를 가진 그리스 내에 도시국가가 750개나 되었다고 하니 그 규모가 아마도 우리의 군 규모 정도에 불과하지 않았을까 생각된다. 그리스를 여행하면서 자동차로 한 시간만 달려도 서너 개의 도시국가를 지나치곤 한다. 그래서 고대 그리스 역사책을 읽다 보면 너무나 많은 도시국가 이름이 나오는 바람에 많이 혼란스럽다. 더욱이 그리스 지명이나 사람 이름은 유달리 길기도 하고 복잡하기로 유명하다. 사교 생활을 위해서는 많은 이름을 외워야 한다. 나에게는 그리스 사람을 사귀는 데 상대방 이름을 외우는 것이 만만치 않은 일이었다.

그리스 문명이 많은 도시국가 형태로 발전하다 보니 고대 유적도 한곳에 모여 있지 않고 이곳저곳에 흩어져 있어 오늘날 그리스를 찾는 관광객을 불편하게 만든다. 대부분 그리스를 찾는 우리나라 관광객들은 두세 개 도시국가의 유적만을 보고 떠나기 마련이다. 물론 스파르타, 아테네, 코린트, 테베, 마케도니아와 같은 비교적 부강하고 규모가 큰 도시국가들도 있었으나 대부분은 부족 중심의 소규모였다. 코린트가 번창할 때는 인구가 30만에 달했다고 하며 아테네의 인구는 30만 내지 40만으로 추산하고 있는 것으로 보아 고대 도시국가의 규모를 짐작할 수 있을 것이다.

도시국가들 간의 경계는 때로는 불확실했다. 그리스는 국토의 70퍼센트가 산악 지대이며 우리나라보다도 더 험준하여 자연스러운 경계선이 생겼다. 산악 지대는 아무런 도시국가에도 속하지 않는 중립지 같은 곳으로 양치기들이 모여 살았는데, 이들에 의해 인접 도시국가 간의 정보가 교환되기도 했다. 테베 왕이 아들 오이디푸스를 산속에 버렸을 때 이 아이가 죽지 않고 코린트 왕에게 입양된 경위도 깊은 산속에 살던 바로 이러한 양치기들 덕분이었다.

도시국가 간에 전쟁이 없었던 것은 아니지만 도시국가들은 독립을 지키면서 비교적 독자적인 지위를 유지했다. 통일된 중앙 권력이 없었으니 처음부터 분권이나 자율이 이루어져 있었던 것이다. 작은 도시국가는 생존을 위해 강대국과 동맹을 맺기도 하고 작은 도시국가들끼리 연합하기도 했다. 한 도시국가가 너무 지나치게 강대해지면 다른 도시국가들이 연합하여 이를 견제하기도 했다.

그리스인들은 같은 언어를 사용하고 같은 종교를 믿었다. 또한 올림픽 경기와 같은 국제 행사를 개최하여 상호 평화를 증진하고 연대감을 유지했다. 페르시아와 같은 외부의 침략이 있을 때에는 단합하

프로필라이아

페리클레스는 페르시아 전쟁으로 파괴된 신전을 재건하기 위해 아크로폴리스를 중심으로 한 대규모 건축 사업을 추진했다. 아크로폴리스에는 성역으로 들어가는 입구인 프로필라이아 (위), 아테나를 모신 신전이며 델로스 동맹 금고를 보관했던 파르테논, 가장 아름다운 이오니아식 신전인 에렉테움 등이 있다.

여 공동으로 대항했으며, 외부의 위협이 사라지면 다시 자기들끼리 경쟁하는 양상을 보였다. 이와 같은 수많은 도시국가들 간의 역학 관계가 견제와 균형을 이루면서 고대 민주주의를 발전시켰는지도 모른다. 도시국가 중에는 스파르타와 같은 내륙 국가가 있는가 하면 섬나라나 아테네와 같은 해양 국가도 있었다. 해양 국가는 무역에 중점을 두면서 함대 중심의 군사력을 키웠다. 그리스 문명이 발전하면서 해양 국가가 중심이 되어 지중해 연안을 따라 그 세력이 확대되었다. 동쪽으로는 지금의 터키 연안과 흑해 연안까지, 그리고 서쪽으로는 이탈리아, 프랑스, 스페인의 지중해 연안까지 식민 도시가 건설되었다고 하는데 이러한 식민 도시가 500개나 되었다. 이리하여 그리스 문명은 명실공히 지중해를 중심으로 한 고대 세계의 중심이었다. 당시 그리스어는 오늘날의 영어와 같이 세계어로 통용되었다.

도시국가는 대부분 방어를 위해 성으로 둘러싸인 도시와 그 외곽의 농토로 구성되어 있었다. 고대 도시 성곽이 아크로폴리스라고 하는 높은 언덕 위에 지어진 것은 방어를 위한 것이다. 그리스를 여행하다 보면 오늘날에도 평지보다는 산이나 언덕 위에 형성된 농촌 마을의 아름다운 모습을 보게 된다. 성안에는 신전을 중심으로 "아고라"라고 하는 시장 터와 야외극장, 스타디움 등을 지었다. 특히 아고라는 시민 생활의 중심지였으며 공동 생활의 터전이었다. 민주주의가 발아한 곳이다. 교통과 통신 수단이 발전하지 못했던 당시에 아고라는 시민들이 모여 물자와 정보를 교환하고 공동 관심사에 관해 토론하는 장소였다. 전쟁 중에는 모든 사람들이 성안으로 피신하여 생활했다. 사람들이 많이 모이는 아고라 주변에는 일상생활과 관련이 많은 예언의 신 아폴론 신전, 건강과 치료의 신 아스클레피오스 신전, 대장장이 신 헤파이스토스 신전 등이 소규모로 생겼다. 아름다움과 육체적 사랑을 상징했던 아프로디테 신전도 있었는데 이 신전의 역할은 사실상 현대 사회의 공창 기능과 유사하다.

고대 그리스에 화폐가 도입된 것은 기원전 7세기다. 드라크마라는 동전이 도입되었는데 2002년 초에 유럽 단일통화 유로가 도입되면서 드라크마도 역사 속으로 자취를 감추었다. 기원전 5세기 아테네에서 1드라크마는 숙련 노동자의 일당이었다고 하며 6오볼이 1드라크마였으며 1탈렌트는 6,000드라크마였다고 한다.

자유사상과 법치주의

고대 그리스에서는 일찍이 자유와 법치의 전통이 발전되기 시작했다. 중앙집권적 절대 권력이 없었으니 자유의 사상이 싹트기 시작한 것은 매우 자연스러웠는지도 모른다. 자유와 법치는 동전의 양면과 같다. 자유가 무질서와 방종으로 변질되지 않게 막는 장치가 바로 법치다. 자유는 질서를 필요로 하며 질서는 법치를 필요로 하기 때문이다.

수많은 도시국가가 형성되어 서로 경쟁하는 사회에서는 시민의 지지가 절대로 필요했으며 전시와 같은 위기에는 노예의 협조도 필요했다. 같은 언어를 사용하는 그리스인들은 필요하면 언제든지 다른 도시국가로 이전할 수도 있었다. 시민이 자발적으로 협조하지 않으면 국력은 쇠퇴하기 마련이다. 따라서 폭군이 지배하는 도시국가는 그 세력이 약화될 수밖에 없었다. 시민에게는 더 많은 자율과 자유가 주어졌던 것이다.

기원전 700년경부터 시민 회의나 대표자 회의가 있었다는 기록이 있는데 이들이 어느 정도 무슨 권한을 가졌었는지는 정확히 알지 못한다. 아테네에서는 왕의 실정을 이유로 기원전 683년에 왕정이 폐지되고 매년 선출되는 아홉 명의 집정관이 통치하게 되었다. 집정관이 어떻게 선출되었는지에 대하여도 정확한 기록이 보존되어 있지 않으나 대지주 같은 재산가와 장군이나 귀족이 선출되었을 것이다. 기원전 630년에 올림픽의 영웅 킬론이 지지자들을 동원하여 스스로 통치자가 되고자 반란을 일으킨 적이 있었는데 성공하지 못하고 처형되었다. 당시 아테네를 포함한 그리스 사회는 참주들의 득세로 매우 불안정하여 분쟁이 끊이지 않았다. 킬론의 쿠데타가 실패한 후 기원전 621년에 이르러 드라콘 법이 시행되었다. 이 법은 부자들의 법이었는데 조그마한 잘못도 사형에 처해질 정도로 엄격했다. 그래서 엄격한 법을 드라콘주의draconianism라고 한다.

기원전 594년에 솔론이라는 개혁적 인물이 집정관에 선출되었다. 솔론은 재산을 가진 사람은 더 많은 재산을 갖고 싶어 하기 때문에 권력자의 탐욕이 재앙을 불러온다고 믿었다. 그리고 국가의 위기는 자유에 대한 신념이 부족한 탓에서 연유하며 개인들의 이기적 행동으로 인한 사회적 갈등에 원인이 있다고 하였다. 솔론은 지나치게 재산을 탐하는 것이나 지나친 가난이 사회적 불안정을 초래한다고 지적하고 절제와 중간층에 근거한 정치적 해결을 주장했다. 오늘날로 말하면 중산층을 육성하는 정책에 해당한다.

솔론은 법치의 중요성을 강조하여 상세한 내용의 법률을 제정하였다. 새 헌법을 보장하기 위해 집단 지도 체제라고 할 수 있는 새 위원회를 구성하였으며 재산의 정도에 따라 위원으로 선출될 수 있도록 하였다. 네 개 부족에서 100명씩 선출하여 400명으로 구성된 위원회를 구성하여 민회를 대표하도록 했다. 일종의 상원에 해당되는 셈이다.

빚을 갚지 못하면 노예가 된다는 등 자신의 신분을 담보로 한 채무 행위를 금지함으로서 아테네 시민이 같은 아테네 시민을 노예로 할 수 없도록 하였다. 피해자 이외에 제3자도 고발할 수 있도록 하여 힘 있는 자가 피해자를 위협하여 고발당하지 않는 일을 방지했다. 재판 결과에 불복하여 재심을 청구할 수 있는 권한도 인정하였다. 아테네 시민은 재판 결과에 불복하는 경우 시민 전체 회의에 청원할 수 있는 권리를 갖게 된 것이다. 술이나 약물에 취했거나 구금 상태에서 행한 약속, 그리고 노쇠한 사람의 약속이나 여자의 사주에 의한 약속은 무효였다. 솔론의 법은 땅의 소유자가 담을 세울 때 경계선으로부터 1피트 떨어지도록 해야 한다든지, 과수 나무를 심을 때는 5피트 간격을 두어야 한다든지, 양봉은 기존의 양봉장에서 300피트 이상 떨어져야 한다는 등 아주 구체적으로 기술하고 있다. 사치스러운 장례식을 규제하기도 했고 심지어 상속자인 여자와 결혼하는 경우 한 달에 세 번 이상 성관계를 가져야 한다는 내용까지도 포함되어 있다고 한다.

이러한 법의 내용은 돌에다 새겨 공공 장소에 세워 두었기 때문에 누구든지 알아볼 수 있도록 하였다. 법의 시행 과정에서 그 해석을 놓고 당연히 많은 분쟁이 발생했다. 당시 술에 취했는지 아닌지와 같이 밝혀내기 어려운 문제들이 많았다. 법이 시행된 후 10년 동안 분규로 인하여 2년 동안 공석의 집정관을 선출하지 못한 경우도 있었고 1년 임기로 선출된 집정관이 26개월 동안이나 통치에 참여한 일도 있었다고 한다. 이러한 잦은 법률 분규와 그 해결 방법의 연구는 고대 아테네에서 법률 제도와 법치를 더욱 발전시켰다.

자유사상과 법치주의의 발전에도 불구하고 정치는 아직 안정되지 못했다. 어느 사회든 정치 발전이 가장 나중에 이루어지는 모양이다. 재산 정도에 따라 선출된 집정관 통치는 엘리트 집단 간의 투쟁을 일으켰다. 이들은 대중을 기만하기도 하고 때로는 선동하기도 하면서 폭군이 되는 경우도 많았다. 엘리트 집단 간의 투쟁은 때로는 외세를 끌어들이기도 했다. 아테네와 스파르타는 심지어 페르시아의 지원을 얻으려고 서로 경쟁하기도 했다. 아테네 엘리트 간의 정치적 경쟁은 스파르타의 지원에 의지하기도 했다. 폭군의 등장과 아테네 지도층 내부의 경쟁은 결국 시민 혁명을 초래했다.

기원전 508년 민주적인 지도자 클레이스테네스가 스파르타의 지원을 받은 정적 이사고라스에 의해 추방된 사건이 있었다. 이에 아테네 시민이 봉기했다. 아테네 시민의 힘으로 클레이스테네스를 복귀시켜 아르콘(최고 행정가)으로 추대한 것이다. 이것은 일종의 시민 혁명이다. 클레이스테네스는 시민이 정치적 결정권을 갖도록 하는 민주적 개혁을 단행했다. 클레이스테네스는 시민의 정치적 권리를 법률로 보장하고 정치 지도자들의 권력 남용을 방지하는 데 주안점을 두었다. 이러한 개혁으로 아테네 시민은 자유롭게 비판할 수 있는 언론의 자유를 얻었으며 법 앞에 평등이라는 원칙에 따라 모든 시민이 동등하게 정치적 결정에 직접 참여할 수 있게 되었다.

민회라고 하는 시민 전체 회의가 최고 의사 결정 기구로 자리를 굳혔다. 민회는 한 달에 삼사 회 회의를 열고 주요한 국사를 토론하고 정책을 결정했다. 이로써 집정관의 권한은 대폭 약화되었다. 400인 위원회는 열 개 그룹에서 쉰 명씩 선출하는 500인 위원회로 바뀌었다. 민회가 열리지 않을 때에는 500인 위원회가 대부분의 국사를 처리했다. 이 500인 위원회는 매일 열렸으며 야간에는 열여섯 명의 당직 위원을 두어 급한 업무를 처리하였다고 한다.

국가의 사무는 매년 추첨에 의해 1년 임기로 선출된 사람이 보도록 하였으며 연임은 금지했다. 이렇게 선발된 관리가 1,000명에 달하였다고 한다. 같은 사람이 세 번 이상 선출되는 것을 금했기 때문에 사실상 거의 모든 시민이 공직을 맡아 국정에 직접 참여하는 기회를 받았을 것이다. 다만 열 명의 장군으로 구성된 군사위원회는 시민 전체 회의에서 선거에 의해 선출되었으며 임기에 제한 없이 계속해서 선출될 수 있었다. 전쟁이 빈발했던 당시 상황을 감안하여 전쟁 수행은 전문가에게 맡겨야 한다는 것을 인정한 것이다. 중요한 재무 관계 공직에도 전문가를 기용하였다고 한다. 한편 독재자의 출현을 막기 위해 매년 민회에서 위험 인물을 뽑아 10년 동안 국외로 추방하는 제도인 오스트라키스모스(도편추방)를 도입했다.

1991년 9월 아테네에서 민주주의 2,500주년 기념식이 열렸다. 바로 기원전 508년에 있었던 이 민주 개혁을 민주주의 원년으로 삼고 있는 것이다. 아테네 시민들이 모여 민주주의를 발전시켰던 바로 그 프닉스 언덕과 아레오파고스 언덕에서 기념식이 개최되었다. 아직도 민주주의가 무엇인지도 잘 모르고 있는 사람들이 있는데 2,500주년 기념이라니! 그리스 사람들이 민주주의를 창조해 낸 민족으로서 긍지를 가질 만도 하다.

기원전 492년에 시작된 페르시아 전쟁이 그리스 사회에 많은 영향을 미친 것은 잘 알려진 사실이다. 페르시아 전쟁사를 기록한 역사학의 아버지 헤로도토스는 페르시아 군에 포위되어 항복을 요청 받은 스파르타 병사들의 대답을 다음과 같이 적고 있다. "당신들은 노예가 무엇인지는 알아도 자유가 무엇인지는 모른다. 당신들도 자유가 무엇인지를 알게 된다면 창뿐만 아니라 도끼까지 동원해서라도 끝까지 싸워서 자유를 지키라고 권유할 것이다.” 기원전 472년 아이스킬로스는 페르시아 전쟁을 다룬 작품 「페르시아 사람들」을 공연했다. 페르시아 왕비가 아테네 사람들이 어떤 사람들이기에 막강한 페르시아 군을 무찌를 수 있냐고 묻자 한 원로가 대답한다. “그들은 노예도 신하도 아닌 자유인입니다.” 당시 아테네 사람들은 막강한 페르시아 군대를 상대로 전쟁에서 승리할 것이라고는 생각하지 못했다고 한다. 그런데 예기치 못한 승리를 거두자 자유와 민주주의를 신봉하는 그리스 정치 체제의 우월성에 대한 신념이 확고해졌다고 한다. 페르시아 전쟁의 승리는 민주주의에 대한 신념을 더욱 강화시킨 것이다.

고대 그리스에서는 3년에 2년 꼴로 전쟁을 했다. 평화보다는 전쟁에 시달렸던 당시의 상황을 엿볼 수 있다. 잦은 전쟁이 아테네의 민주주의를 발전시켰다는 점은 매우 흥미롭다. 당시 아테네 시민은 모두 예순 살까지 국방의 의무가 있었다. 그러나 아테네 시민은 국방을 의무라기보다는 권리로 생각했다고 한다. 직접민주주의에서 시민이 된다는 것은 굉장한 특권이었다. 아테네 시민권은 부모가 모두 아테네 시민인 경우에만 인정되었다.

전쟁을 할 때면 언제나 “자유를 위하여”라는 기치를 내걸었다고 한다. 이것은 사실이다. 전쟁에 패하는 것은 생명과 재산을 잃을 뿐만 아니라 자유를 잃고 노예가 되기 때문이다. 전쟁에 승리한 전리품이란 재산과 노예였다. 트로이가 패배한 후 왕비 헤카베도 노예로 전락했다. 전쟁에서의 패배가 무엇을 의미하는 것인지를 일깨워 준다.

누구든지 자신의 희생만큼 발언권이 커지는 것은 예나 지금이나 마찬가지다. 잦은 전쟁은 전쟁에 참여한 시민의 발언권을 강화해 주었고 결과적으로 민주주의를 발전시켰다는 것이다. 전쟁을 할 것인지 말 것인지를 직접 결정한 시민은 스스로 전쟁에 참여해야만 했다. 어느 전투나 마찬가지겠지만 특히 해전에서는 모든 구성원의 역할과 그 단합된 힘이 중요하다. 이러한 전쟁을 통해 모든 시민은 각자의 가치를 새롭게 자각하게 되었을 것이다. 시민 의식이 성숙했다는 뜻이다.

아테네에서 민회에 참여할 수 있었던 18세 이상의 성인 남자 시민을 대략 3만에서 5만 명으로 추산하고 있으나 민회에 참석한 시민은 1만 명 내외였다. 도시에서 멀리 떨어진 농촌에 사는 시민은 민회에 자주 참석하지는 못했을 것이다. 당시 아테네 인구를 30만 내지 40만으로 보는데 여성과 어린이, 외국인 그리고 노예는 정치 활동에 참여할 수 없었다. 당시 아테네에는 외국인도 많았다. 수학자 피타고라스, 의학자 히포크라테스, 철학자 아리스토텔레스도 아테네에서 활동했지만 아테네 시민은 아니었다. 아테네 시민이 된다는 것은 하나의 특권이었다. 당시의 기록에는 국적에 관한 시비가 상당수 있을 뿐만 아니라 국적 문제를 다룬 연극도 상연된 것을 보면 아테네 시민권이 가졌던 의미를 짐작할 수 있을 것 같다. 노예의 수는 8만 내지 10만으로 추산한다. 광산 같은 곳에서는 수천 명의 노예들이 있었지만 대부분의 가정에서는 한두 명의 노예를 두고 있었다. 노예는 한 식구처럼 지내는 경우가 대부분이었으며 노예의 죽음을 친구의 죽음보다도 더 슬

프게 생각한 경우도 많았다고 한다.

민주적 통제의 원칙은 계속 강화되었다. 기원전 462년에 이르러 민주적 관행이 법제화되었으며 다음해 페리클레스에 의해 민회의 권한이 더욱 커졌다. 아테네 번영의 상징인 파르테논 신전이 완공된 다음 해인 기원전 431년 펠로폰네소스 전쟁 첫해에 희생된 병사들의 장례식이 있었다. 페리클레스는 이 장례식 추모사에서 민주주의에 대해 다음과 같이 언급했다.

권력이 소수에 있는 것이 아니라 전체 시민에게 있기 때문에 우리 헌법을 민주주의라고 합니다. 개인 간의 분쟁을 해결하는 데 있어서 모두 법 앞에서 평등합니다. 공직을 선출하는 데 있어서 어느 계층에 속하느냐가 중요한 것이 아니라 능력이 중요합니다. 어느 누구도 가난을 이유로 정치적 권리를 행사할 수 없게 되어서는 안 됩니다.……우리의 정치 활동이 자유롭고 개방된 것과 같이 일상생활에서 개인과의 관계도 자유롭고 개방적입니다. 우리는 우리 이웃이 제멋대로 행동하도록 해서도 안 되며 다른 사람에게 피해를 주는 것은 물론이고 다른 사람의 감정을 상하게 하도록 내버려 두어서도 안 됩니다. 우리는 개인 생활에서는 자유롭고 관대하지만 공동 생활에서는 법을 지켜야 합니다. 모든 시민은 개인 생활뿐만 아니라 나라의 일에도 관심을 가져야 합니다. 우리는 정치에 관심이 없는 사람은 자기 개인의 일에도 관심을 갖지 못하는 사람으로 생각합니다. 우리는 말과 행동이 다르지 않으며 충분한 토론 없이 성급하게 행동하는 것을 가장 나쁘게 여기기 때문에 모든 아테네 시민은 누구나 정책 결정에 참여해야 합니다.

마치 오늘날의 한 연설을 듣는 느낌이며 2,500년 전의 연설이라고 믿어지지 않는다. 유럽과 미국에서 민주주의가 시작되던 시기에 이 페리클레스의 연설을 모르는 학생이 없었을 정도로 유명한 내용이다. 이와 같이 기원전 5세기에 아테네 민주주의는 꽃을 피웠다. 민주주의는 개인의 창의력을 최대한 발휘할 기회를 제공했다. 고대 그리스에서 민주주의가 발전하던 이 시기에 예술, 문학, 철학, 과학 등 학문이 눈부시게 발전할 수 있었던 것은 우연이 아니다.

아폴론의 소를 훔친 아기 헤르메스

고대 그리스인들은 상업을 매우 중시했다. 제우스의 아들이자 메신저였던 설득의 명수 헤르메스가 바로 상업의 신이다. 헤르메스는 태어나자마자 제일 먼저 한 일이 요람에서 나와 아폴론이 키우던 소 쉰 마리를 훔쳐 동굴 속에 숨긴 것이었다. 아기 헤르메스는 신발을 거꾸로 신고 발자국의 방향을 속이는 등의 교활함도 보였다. 도중에 만난 노인에게 절대로 비밀로 해 줄 것을 부탁하고 소 한 마리를 선사했다. 그러고는 다시 이 노인을 믿을 수 있는지 실험하기 위해 사냥꾼으로 변장하여 소 두 마리를 줄 것을 제안하면서 소 떼가 어디로 갔는지 물어보는 치밀함도 보였다. 노인이 방향을 알려 주자 배반자라고 하면서 그 자리에서 노인을 죽여 버리는 엄격함도 보였다. 소 두 마리를 잡아 아폴론을 제외한 열 명의 올림포스 신들에게 바치어 다른 신들의 환심을 사는 외교적 수완도 보였다.

아폴론은 아기 헤르메스의 장난이라는 것을 알았으나 소 떼를 찾을 수가 없었다. 화가 난 제우스의 명령을 받고서야 헤르메스는 소 떼를 아폴론에게 돌려주었다. 갓 태어난 아기에게 속은 아폴론은 분해서 어쩔 줄을 몰랐다. 헤르메스는 음악을 좋아하는 아폴론에게 수금을 선사하면서 우정을 보였다. 아폴론은 헤르메스의 멋진 선물에 감격하여 소 떼를 헤르메스에게 주어 버리고 둘은 친한 친구가 되었다. 이 아기 헤르메스의 이야기는 상업에 필요한 여러 가지를 함축적으로 표현하고 있다.

고대 그리스에서는 일찍이 재산 정도에 따라 계급 사회가 형성되기 시작했다. 처음에는 땅의 소유 여부에 따라 귀족 계급이 형성되었으나 상업이 발전함에 따라 신흥 재산가가 등장하기 시작했다. 그리하여 대지주 계층과 신흥 상업 자본가 간의 갈등이 표출되었다. 농업은 점차 수출에 의존하기 시작했고 돈의 위력이 나타나기 시작했다. 상업은 아고라와 피레에프스 항구를 중심으로 발전했다. 아테네는 은, 도자기, 올리브, 대리석 등을 수출하고 주로 곡물을 수입했다. 기원전 5세기 아테네에 스무 개의 은행이 있었다고 하니 상당한 자본이 축적되어 있었던 것 같다. 무역업자에게 한번 외국에 항해하고 돌아오는 데에 12.5 내지 30퍼센트의 이자가 부과되었다고 한다. 해적이나 해난에 의한 손해는 대출한 은행에서 부담하였다고 하니 보험의 성격도 포함된 것이었다. 따라서 이자에는 일종의 보험료가 포함되어 있었던 것이다.

아테네의 재정은 델로스 동맹국들의 분담금으로 크게 팽창되었으나 펠로폰네소스 전쟁에서 패하면서 동맹국들이 이탈하는 바람에 재정에 압박이 오기 시작했다. 아테네는 민회에 참가하는 부자 시민들에게 재정적 부담을 지도록 하는 한편, 이민 오는 외국인과 무역업자들에게 부과하는 세금을 인상하는 등 다양한 방법으로 재정을 확보했다. 상업의 발전에 따라 가난한 농민은 점차 노예로 전락했다. 빈부 격차가 심해지기 시작한 것이다. 사실 솔론의 개혁은 경제적 차이에서 나타나는 사회적 갈등을 해소하기 위한 측면이 있었다. 클레이스테네스의 민주 개혁에 이르러서는 귀족 계층은 몰락하게 되었다고 한다.

상업의 발전으로 인한 사회적 변화는 당시 사상가들의 관심을 모았다. 플라톤은 개인 간의 능력 차이와 욕망의 다양성을 지적하고 노동 분업의 필요성을 제기했다. 플라톤은 새로운 신흥 상업 계층의 영향력이 커지는 데 대해 우려하고 지나친 상업주의에 반대하는 등 경제 문제에도 관심을 갖기 시작했다. 그러나 경제 이론을 본격적으로 개발하기 시작한 것은 그의 제자 아리스토텔레스였다.

아리스토텔레스는 플라톤의 이상국가에서 나타나는 공산주의적 사상을 반대했다. 아리스토텔레스는 공동 재산은 잘 관리되지 않는다고 주장하고 개인의 능력 차이를 인정하여 인센티브를 주어야 한다고 주장했다. 그리고 경제, 교환, 돈 등에 대한 이론을 개발하였다. 아리스토텔레스는 경제를 소득을 높이는 기술과 가계를 효율적으로 운영하는 문제로 나누고 모든 물건에는 사용 가치와 교환 가치가 있다고 하였다. 신발은 자신이 신기 위해서도 필요하지만 다른 물건과 교환하여 사용할 수도 있다는 것이다. 아리스토텔레스는 돈 버는 방법에 대해서도 상세히 설명했는데 그중에서 가장 부자연스러운 것은 돈을 축적하여 이자를 받는 것이라고 하여 경제 활동에서의 윤리적 측면을 강조하기도 했다. 돈은 교환 수단이지만 재산 축적의 수단도 된다고 하였다. 또한 돈은 가치의 척도가 된다고 말하고, 어떻게 공정한 가격을 정하느냐를 윤리와 정의의 문제로 보았다. 이러한 아리스토텔레스의 가치 이론은 18세기에 들어와서야 재조명되기 시작했다. 그러나 플라톤이나 아리스토텔레스 모두 생산 활동에 있어서 노예 제도를 받아들이고 있다는 점에서 고대 그리스의 경제 이론에 한계가 있을 수밖에 없다.

아고라 산책

나는 아크로폴리스를 여러 번 올라 다녔으나 막상 바로 옆에 있는 시민 활동의 중심지였던 아고라에는 한 번도 들려 본 적이 없다. 사실 폐허가 되어 버린 이곳에는 관광객의 발길도 많지 않은 곳이기 때문이기도 했지만 특별히 관심을 끄는 점도 없었다. 고대 아테네의 역사와 민주주의의 발전에 대해 관심을 갖게 된 후에야 비로소 아고라를 찾았다.

아크로폴리스 바로 밑에 아고라가 있다. 아고라 주변에는 시민들이 모여 민주주의를 실현했던 프닉스 언덕, 상원과 재판소 역할을 했던 아레오파고스 언덕이 자리 잡고 있으며 고대 신전 중에서 원형이 가장 잘 보존되어 있다는 헤파이스토스 신전도 있다. 중앙에는 당직위원들이 근무했다는 건물과 표준 도량형의 사무소가 있었다.

파르테논 신전 다른 쪽 밑에는 디오니소스 야외극장이 위치하고 그 옆에 아스클레피오스 신전이 있었다. 그리고 좀 떨어진 곳에 스타디움을 지었는데 이 스타디움은 근세에 보수되어 여기에서 1896년 제1회 세계 올림픽이 개최되었다.

파르테논 신전 바로 밑에 있는 바위언덕 "아레오파고스"는 전쟁의 신 아레스와 바위의 뜻을 가진 파고스가 합쳐진 말로 전쟁의 신 "아레스의 바위"라는 뜻이다. 신화에 의하면 아마존인들이 아테네를 침입했을 때 이 바위에 진을 치고 전쟁의 신에게 바쳤다고 하여 붙여진 이름이다. 이 바위에서 500인 위원회가 열렸다. 원래 500인 위원회는 입법, 행정과 형사재판의 막강한 권능을 가졌다. 그러나 민주주의가 발전함에 따라 형사재판권은 법원으로 이관되었다.

아버지 아가멤논의 원수를 갚기 위해 어머니를 살해한 오레스테스도 아레오파고스에서 아테네 시민의 재판을 받았다는 신화가 있는 것으로 보아 이 바위에서 재판이 시작된 것은 매우 오래된 것 같다. 아레오파고스에서 재판이 행해졌기 때문에 재판소라는 뜻으로 사용되었으며 오늘날에도 그리스 대법원을 "아레오파고스"라고 부른다.

재판은 배심원에 의해 이루어졌다. 사건의 중요도에 따라 500명에서 6,000명의 배심원이 참여하였다고 하나 대부분의 재판은 500명의 배심원으로 진행되었다. 배심원의 수가 많은 것은 유리한 판결을 얻어내기 위해 배심원을 매수하는 것을 방지하기 위한 것이다. 배심원의 일당이 2오볼이었다고 하는데 이는 숙련 노동자 일당의 3분의 1 수준으로 낮아 대부분 배심원은 노인들이었다고 한다. 아레오파고스에서 이루어진 재판의 고발장과 변론이 930편이나 보존되어 있어 그 당시의 생활상을 소상히 알 수 있다. 각종 물가 수준과 이자 관행, 노예 매매에 관한 관습, 국적 시비, 무역에 관한 사항 등 거의 모든 생활상이 포함되어 있다. 재판 과정에서 주인을 고발한 노예도 있었는데 주인이 유죄를 판결 받아서 정의로움이 드러난 노예에게는 자유가 주어졌다고 한다. 그 당시에도 노예에게 자유를 줄 정도로 고발 정신을 높이 생각했던 것 같다. 오늘날의 내부자 고발을 연상케 한다.

추첨으로 선출된 500명의 배심원은 법률적 지식보다는 시민의 상식에 따라 유죄와 무죄를 결정한 것이었다. 기원전 375년에 어느 조각가의 모델이자 애인이 음란 혐의로 재판을 받자 그녀는 젖가슴을 드러내고는 "이러한 아름다움이 죄가 될 수 있는가?"고 변론하여 무죄로 석방되었다는 기록도 있다. 물론 소크라테스에 대한 재판도 이곳에서 이루어졌다.

아고라

교통과 통신 수단이 발전하지 못했던 당시에 일종의 시장 터였던 아고라는 시민들이 모여 물자와 정보를 교환하고 공동 관심사에 관해 토론하는 장소였다. 흔히 기둥과 벽으로 이루어진 주랑이 아고라를 에워싸고 있었다. 고대 그리스에서 "아고라"라는 말은 물리적인 장소뿐만 아니라 사람들의 모임 자체를 의미하기도 했다.

델포이의 스타디움

올림피아에서 개최되기 시작한 올림픽에서 유래한 스타디움은 그리스 전역에 세워졌다. 스타디움에는 헤르메스 조각이 세워져 있는 경우가 많은데, 이는 올림픽에 참가한 사람들이 평화의 메시지를 전하는 역할을 하라는 의미다. 고대 스타디움은 20세기 건축에도 큰 영향을 끼쳤다. 아테네의 스타디움은 근세에 보수되어 1896년 제1회 세계 올림픽 대회가 열렸다.

아레오파고스 언덕

"아레오파고스"는 전쟁의 신 "아레스의 바위"라는 뜻이다. 아마존족이 아테네를 침입했을 때 이 바위에 진을 치고 전쟁의 신에게 바쳤다고 하여 붙여진 이름이라고 한다. 어머니를 살해한 오레스테스도 아레오파고스에서 재판을 받았다는 신화로 보아 이 바위에서 재판이 시작된 것은 매우 오래된 것 같다. 후에 아레오파고스는 재판소라는 뜻으로 사용되었으며 오늘날 그리스 대법원을 "아레오파고스"라고 부른다.

프닉스 언덕

시민 전체 회의인 민회(에클레시아)는 아크로폴리스 서쪽에 위치한 프닉스 언덕에서 열렸다. 이곳에서 직접 민주주의가 꽃을 피우기 시작한 것이다. 기원전 4세기에 들어와 1만 7000명을 수용할 수 있는 디오니소스 극장이 세워진 후에는 이 극장에서 민회를 열기 시작했다.

헤파이스토스 신전

아고라 주변에 있는 헤파이스토스 신전은 고대 신전 가운데 원형이 가장 잘 보전되어 있는 신전이다. 헤파이스토스는 제우스와 헤라 사이에서 태어난 첫 아들이지만 못생긴 절름발이였다. 헤라에게 버림받은 헤파이스토스는 화산섬에서 무엇이든지 만들어 낼 수 있는 대장장이 신으로 성장했다.

복원된 스토아 모습

아고라 주변에는 스토아라고 하는 복도 같은 대기실이 여러 개 있다. 스토아는 시장과 신전을 둘러싸고 있어서 상업의 중심지이자 공공 산책로로 쓰였다. 금욕주의 철학자들이 이곳에서 학문을 논하였다고 하여 그들을 스토아 학파라 부르게 되었다.

아테네에서는 1년에 두 번씩 시민 축제가 열렸다. 시민들이 아고라를 행진하여 파르테논 신전에 모여 아테나 여신에게 제사를 지내고 다양한 행사를 가졌다. 야외극장에 모여 시 낭송과 연극 경연을 가졌으며 체육 대회도 있었다. 아고라 주변에는 스토아라고 하는 복도 같은 대기실이 여러 개 있었는데 금욕주의 철학자들이 이곳에서 학문을 논하였다고 하여 그들을 스토아 학파라 부르게 되었다.

시민 전체 회의인 민회는 아크로폴리스 맞은편에 위치한 프닉스 언덕에서 열렸다. 이곳에서 직접 민주주의가 꽃을 피우기 시작한 것이다. 기원전 4세기에 들어와 1만 7000명을 수용할 수 있는 디오니소스 극장이 건설된 이후에는 이 극장에서 민회가 열렸다고 한다. 술의 신 디오니소스는 동시에 연극의 신으로 계층 간의 벽을 허물고 일상생활의 근심 걱정을 없애 준다는 대중의 신이었다.

대중 집회에서의 연설은 설득력을 필요로 했다. 마이크 시설도 없었던 시절에 연설이 호소력이 없으면 아무도 경청하지 않았을 것이다. 그래서 당시 웅변술과 논리학이 발전하였다. 모든 사람이 잘 들릴 수 있도록 고안된 디오니소스 야외극장이 건설되어 이곳에서 집회가

디오니소스 극장

모든 고대 그리스 연극은 아테네의 아크로폴리스 남쪽에 있는 디오니소스 극장에서 초연되었다. 중앙에 제단을 세우고 지름 18미터가 넘는 원형 토단으로 된 오케스트라를 설치한 것이 발전한 것으로, 고대 그리스 야외극장의 원형(原型)이다. 기원전 5세기에 이곳은 소포클레스, 에우리피데스, 아이스킬로스의 연극 경연장이었다. 기원전 4세기 중엽에 돌로 만든 계단식 좌석이 마련되었다.

열린 후로는 질서 유지나 토론이 비교적 잘 진행되었을 것이다.

시끌벅적하였을 아고라, 1만여 명이 모여 토론을 벌인 프닉스 언덕, 500명 이상의 배심원들이 모인 재판…… 이처럼 직접 민주주의가 어떻게 질서 있게 이루어질 수 있었는지 신기할 뿐이다. 몇 명의 대표에 의해서가 아니라 시민 모두가 참여하여 난상토론을 벌인 것은 요즈음 새로 떠오르고 있는 인터넷 토론의 축소판이 아니었을까 하는 생각이 든다.

현대의 눈으로 본 고대 민주주의

고대 아테네 민주주의는 그리스의 쇠퇴와 함께 빛을 잃기 시작했다. 그 자리에 식민 지배가 들어섰다. 아테네 민주주의는 2,000년이 지나서야 영국, 프랑스, 미국 등 선진 사회에서 다시 빛을 보게 되었다.

오늘날 민주주의의 가장 큰 문제점은 정치적 무관심이라고 한다. 주인인 국민이 주인 행세를 하지 않고 있는 것이다. 너무나 많은 권한이 선출된 대표에게 위임되어 있고 중앙에 집중되어 있으며 행정은 관료화되어 있다. 주인이 무기력해진 것이다. 정치인은 유권자의 관심을 먹고 산다는 말이 있다. 유권자의 관심이 없어지면 정치는 발전하기 어려운 것이다. 고대 아테네 민주주의에서는 정치적 무관심은 없었다. 직접민주주의는 모든 시민의 적극적인 참여 아래에서 이루어졌다. 시민이 입법, 행정, 사법, 감사 등 전 분야에 직접 참여한 것이다. 이것이 고대 아테네 민주주의의 최대 업적이라고 한다.

나는 그리스에서 선거 과정을 지켜본 일이 있다. 그리스 선거는 꼭 일요일에 실시되고 일주일 후에 한 번 더 결선 투표가 실시된다. 그리스에서 투표는 권리이면서 동시에 의무다. 정당한 이유 없이 투표에 참가하지 않은 것이 밝혀지면 벌금이 부과되거나 행정 제재를 받아 불이익을 받는다. 그래서 그리스의 투표율은 항상 80퍼센트를 넘는다. 과반수의 지지를 받은 후보가 없으면 일주일 후에 일이 위 간에 결선 투표가 실시된다. 따라서 과반수의 지지 없이 당선되는 일은 없다. 우리나라에서와 같이 투표율이 낮거나 후보가 많아 과반수의 지지를 받지 못하고 당선되어 대표권의 문제가 제기되는 경우가 없다. 이러한 제도는 고대 직접민주주의 전통을 이어 가기 위한 그리스인들의 노력일 것이다.

고대 아테네 민주주의에 문제점이 없었던 것은 아니다. 당시 이미 소크라테스, 플라톤 등 여러 사상가에 의해 군중에 의한 직접 통치의 문제점이 제기되었다. 소크라테스는 이러한 정치적 견해의 갈등에 휘말려 목숨까지 버려야 했다. 그러나 고대 아테네 민주주의의 가장 큰 문제점은 시대적 한계가 아니었을까 생각된다. 정치적 참정권이 남자 시민에게만 주어졌고 여자와 노예의 참정권이 인정되지 않았다는 비판을 받고 있다. 그러나 노예가 해방되어 노예 제도가 사라진 것이 최근의 일이라는 것을 생각하면 이러한 문제로 2,500년 전의 민주주의를 비판하는 것은 부당하다는 생각도 든다. 노예 문제가 화제에 오르면 그리스 사람들은 고대 그리스에서의 노예는 관대한 대우를 받았으나 로마 시대에 들어와서 노예가 동물처럼 취급되기 시작했다고 말한다.

고대 그리스에서는 인종에 따른 노예 제도는 없었으며, 노예를 구타하여 상해를 입히는 것을 금지하는 등 노예를 보호하는 법이 있었다. 기원전 5세기에 산발적으로 노예 제도의 문제점이 제기되기 시작했다. 에우리피데스는 연극에서 노예의 운명을 타고난 사람은 없으며 자유인도 이성이 욕망에 굴복하면 노예가 될 수 있고 노예도 이성적인 덕을 보이면 자유인이 될 수 있다고 하였다. 소포클레스도 모든 인간은 같은 종족이며 아무도 다른 사람보다 우월하게 태어난 사람은 없다고 주장했다. 고대 그리스를 연구하는 역사가들도 아테네 시민이 노예에 의지하여 한가한 생활을 즐겼다는 생각은 잘못된 것이라고 지적한다.

아테네에서 외국인에 대해 배타적이고 시민권 부여에 인색했다는 비판도 있다. 로마가 각지에서 몰려드는 이탈리아 사람들에게 폭넓게 시민권을 부여해 주어 융성해졌다고 하니 역시 포용력과 관대함이 있어야 나라가 크게 성장한다. 이러한 포용력의 부족과 배타성이 아테네의 한계였는지도 모른다.

고대 그리스 역사를 읽는 오늘날의 여성들이 불만을 품을 만한 점이 있다. 그러나 나는 고대 그리스에서 여성의 지위에 대해 심각하게 문제가 제기되기 시작했다는 점을 지적하고 싶다. 그리스가 로마에 패망하지 않았더라면 여성의 평등한 지위가 좀 더 먼 옛날에 이루어졌을지도 모른다. 그리스 신화에는 남녀 차별이 별로 없다. 아테네를

소크라테스의 감옥

고대인들이 민주주의를 실천하던 프닉스 언덕 옆에 소크라테스가 죽기 전에 갇혀 있었던 감옥이 있다. 소크라테스의 죽음은 당시 엘리트로 구성된 소수의 과두정치와 직접 민주주의를 주장하는 양 세력 간의 대립으로 빚어진 정치적 혼란과 관계가 있다. 소크라테스가 대중 민주주의의 문제점을 지적한 것 때문에 반민주적 인사로 오인되었을 가능성이 높다.

지배하기 위해 아테나와 포세이돈 간의 다툼이 있었을 때 남녀 모두가 참여한 투표에서 아테나 여신이 승리한 것을 기억해야 한다. 아테나는 아테네 사람들이 가장 소중히 여기던 지혜, 평화, 그리고 자비의 신이었다.

플라톤은 여성도 남자와 같은 일을 할 수 있다는 혁명적 주장을 했다. 아리스토파네스는 여성을 주제로 「리시스트라타」라는 희극을 상연한 일이 있다. 줄거리는 대략 이렇다. 바보 같은 남자들이 전쟁에 시달리며 가정을 돌보지 못하는 상황에 불만을 가진 여자들이 시위를 한다. 리시스트라타가 주동이 되어 전쟁을 없애려고 평화 운동을 전개하는데 일종의 성 파업을 단행한 것이다. 모든 여성들이 아크로폴리스에 모여 남편들이 전쟁을 중단하고 가정으로 돌아올 것을 호소한다. 여성 시위대는 부패한 정치인을 몰아내고 민회를 장악한다. 그리고 전쟁에 소요되는 비용의 지출을 거부함으로써 전쟁을 중지시키고 평화를 회복한다. 남자들은 전쟁을 포기하고 가정으로 돌아온다. 「리시스트라타」는 전쟁과 평화의 문제뿐만 아니라 가정과 사회에서 여성의 지위에 관해 의미심장한 관점을 제공한다. 여성들은 남편들이 전쟁에서 승리하여 돌아오기만을 기다리는 소극적 존재가 아니다. 현실 정치에 적극적으로 참여하여 역사의 흐름을 바꾸어 놓는 강력한 힘을 보여 준 것이다. 여성의 지위 문제를 델포이의 아폴론에게 물어보았다면 무슨 대답을 얻었을까? 신의 뜻을 전하는 델포이의 사제는 여성이었다.

그리스의 정식 국명이 "헬레닉 공화국"이라는 것은 이미 설명하였다. "그리스"라는 이름은 그리스가 외세의 지배를 받던 불행한 시절에 붙여진 이름이다. 어떤 사람은 노예라는 뜻이라고 하고 어떤 사람은 사기꾼이라는 말에서 유래했다고도 한다. 그 이름이 그리스인에게는 자존심이 상하는 뜻이라는 것 이외에 정확한 유래나 의미는 확실하지 않다. 그리스 사람들이 외세의 지배 아래에서 가난과 억압으로 고생하던 시절에 지배자들이 그런 이름을 붙여 주었을 것이다. 약자에게는 항상 그런 서러움이 따라다닌다.

그리스 사람들도 자신들이 지배자의 위치에 있을 때 이민족을 야만인으로 취급했다. 다른 민족들이 "바르바르"라고 하면서 알아들을 수 없는 말을 사용한다고 하여 "바르바로이barbaroi"라고 불렀는데 여기서 야만인을 뜻하는 영어 단어 "barbarian"이 유래하였다. 고대 그리스에서는 모든 인간을 그리스인과 야만인으로 구별했다. 그후 야만인은 자유가 없는 사람이라는 뜻으로 사용되었다고 하니 그리스 사람들의 민주주의에 대한 자존심이 얼마나 대단하였는지를 알 수 있다. 그리스 사람들은 지금도 자기들끼리는 "그리스"나 "그릭Greek"이라는 말은 잘 안 쓴다고 한다. 그만큼 그들에게 그리스라는 말의 뜻이나 그 유래를 묻는 것은 실례가 된다.

그리스 신화에서 프로메테우스의 도움으로 대홍수에서 유일하게 살아남은 인간 데우칼레온의 자손 헬렌이 그리스 민족의 조상이다.

이 헬렌에서 그리스라는 나라 헬라스, 그리스 민족을 뜻하는 헬레네스, 그리스어인 헬레니카, 그리스의 문화 헬레니즘 등이 유래한다. 우리 같으면 헬라스라는 떳떳한 이름을 회복하기 위해 국제적인 캠페인을 벌일 만도 하다. 자기들끼리는 지금도 그렇게 부르고 있지 않은가! 그리스가 이런 운동을 벌인다면 아마 반대하는 나라도 없을 텐데, 그런데 신기한 것은 그리스 국명 헬레닉 공화국의 유래를 물어보면 대부분의 그리스 사람들은 대답을 주저하거나 회피한다. 나는 처음에는 그리스 사람들이 의외로 자신들의 건국 신화를 잘 모르는 게 아닌가 하고 의아했다. 그러나 그 사실을 모르는 그리스 사람은 많지 않다. 그리스의 조상 헬렌에서 유래한다는 말을 하고 싶지 않은 것이다. 왜일까? 이것은 마치 우리나라에서 기독교 신자들에게 당신의 조상이 '단군'인가, '노아'인가 하고 묻는 것과 비슷하다. 기독교에서는 모든 인간은 대홍수에서 하나님의 계시에 따라 살아남은 노아의 후손이다. 그리스는 동방 정교의 종주국이라고 할 수 있으며 국민은 거의 모두가 그리스정교를 믿고 있다.

대답이 곤란한 질문은 하지 않는 것이 예의다. 그리스인들은 자기들끼리는 헬라스라고 하면서도 국제적으로 통용되는 치욕적인 그리스라는 국명을 기꺼이 받아들이는 데는 이러한 종교적인 배경이 깔려 있다. 그러면서 "그리스"의 뜻과 유래가 잊혀지기를 바라고 있을지도 모른다. 그리스 신화는 고대 그리스 문화 발전에 지대한 영향을 미쳤고 또 고대 그리스 문화는 오늘날 온 인류 문명의 뿌리 가운데 하나가

에피다우로스 극장

펠로폰네소스 반도에 있는 에피다우로스 극장은 가장 유명한 야외극장이다. 타원형 오케스트라에서 맨 윗줄 관객석까지의 거리는 100미터 이상이지만 바닥에 동전을 떨어뜨리면 동전 크기에 따라 그 소리가 각각 다르게 들릴 정도로 설계가 치밀하다.

되고 있지만, 그리스 신화에는 이처럼 오늘날 그리스인들의 종교관과 배치되는 것들이 너무나 많다. 그래서 더욱 그들은 신화를 꾸며낸 민족으로서보다는 문화와 민주주의를 발전시킨 민족으로서 기억되기를 원하는지도 모르겠다.

내가 그리스에 부임하고 얼마 안 되었을 때 그리스계 미국인 부호 하나가 7000만 달러를 기부하여 마케도니아 지역에 있는 바다가 내려다보이는 돌산에 70미터나 되는 거대한 알렉산드로스 대왕의 초상을 조각하여 관광지로 개발할 것을 제안한 일이 있었다. 미국에 있는 큰 바위 얼굴과 같은 발상이었다. 그리스는 이 제안을 받아들일지를 놓고 토론을 벌였다. 나는 어떤 결론이 나올지 관심을 갖고 지켜보았다. 알렉산드로스 대왕은 페르시아를 정벌하고 대제국을 건설하여 그리스 문화를 세계에 퍼트린 민족의 영웅이기는 하나 환경론자들의 반대가 있을 법도 했기 때문이다. 그리스는 이 제의를 거절했다. 그 이유는 그리스는 한 개인을 영웅시하지 않는 전통을 지키고 싶다는 것이었다. 사실 알렉산드로스는 그리스의 국력을 키워 세계 제국을 건설하기는 하였으나 민주주의 전통을 이어 가지는 못했다.

그리스는 민족의 수치를 과거 역사의 사실로 받아들이고, 과거의 위인을 영웅시하기보다는 오히려 오늘날 그들이 중요시하는 가치를 선택한 것이다. 지금 통합의 길을 걷고 있는 유럽에서는 민족주의는 역사 속으로 사라지고 있다. 그 자리에 자유나 민주주의와 같은 인류 공동의 가치가 자리를 잡고 있는 것이다. 아테네의 수사학자 이소크

라테스는 기원전 380년의 저서 「찬사」에서 "헬레네스는 핏줄을 같이
하는 사람들을 뜻하는 것이 아니고 문화를 같이 하는 사람들"이라고
하여 이미 그리스 민족을 혈통으로서가 아니라 공동의 가치와 문화의
개념임을 지적한 바 있다. 나는 그리스라는 이름이나 헬라스의 유래
에 대해 더 이상 묻지 않았다.

아테네의 흥망과 그리스의 새로운 출발

아테네는 기원전 338년에 마케도니아에 패하여 쇠퇴하기 시작하다
가 기원전 86년에 로마에 정복되었다. 그러나 로마에 정복된 후에도
아테네는 지중해의 문화와 학문의 중심지로서 계속 명성을 날렸다.
로마인들도 아테네의 생활 방식을 모방하였고 아이들을 아테네로 보
내어 교육시키기도 하였다. 2세기에 하드리아누스라는 로마 황제는
그리스 문화를 사랑하여 아테네에 제우스 신전과 도서관을 짓고 성을
쌓아 아테네를 발전시켰다. 마르쿠스 아우렐리우스 황제는 스토아 철
학에 심취하여 『명상록』을 그리스어로 기록하여 남겼을 정도다. 395년
로마 제국이 동서로 분리된 이후에는 아테네는 동로마 제국에 속하게
되었다.

기독교의 지배가 강화되면서 아테네의 철학 학교들은 탄압 받기 시
작했다. 아크로폴리스의 파르테논 신전, 도서관, 극장 등은 교회로 변
하였다. 12세기에 들어 사라센[아랍, 투르크 등 중세 시대의 이슬람 국
가 사람들]의 침입과 십자군 전쟁, 베네치아의 침략 등을 거치면서 아

테네는 계속 쇠퇴하다가 1456년에 오스만 터키의 지배를 받게 되었다. 17세기 말에는 베네치아와 오스만 터키 간의 전쟁터로 변하였고 이때 파르테논 신전도 파괴되었다. 이후 아테네는 인구가 1만 명밖에 안 되는 조그마한 마을로 전락하였다. 아테네가 터키로부터 해방된 1834년에는 인구가 4,000명에 불과하였다고 하니 그 초라한 모습을 상상할 수 있을 것이다. 그리스가 독립한 후 1883년 열강은 독일 왕자 오토를 그리스 왕으로 추대하였다. 20세기에 들어와서 발칸 전쟁, 두 차례의 세계대전을 거친 후 좌우익 간의 내전으로 혼란을 거듭하다가 군사 정부가 들어섰다. 1974년 군사 정부가 종식된 후 그리스는 국민투표에 의해 공화국이 되었다.

고대 그리스가 찬란한 문명을 창조하여 우리 인류의 역사에 길이 남을 유산을 남겼으나 진정 현대 그리스 민주주의의 역사는 그리 길지 못하다. 그것은 2,000년 가까운 그리스의 불행한 역사의 결과일 것이다. 르네상스, 종교 개혁, 계몽 사상, 프랑스 혁명과 산업 혁명 등 유럽이 역사적 전환기를 거치는 동안 그리스는 오스만 터키의 지배 아래에서 유럽으로부터 고립되어 있었다. 그리스의 훌륭한 예술 작품이 대부분 런던이나 파리에 전시되어 있듯이 고대 그리스의 정신 유산마저도 런던과 파리에서 더 빛을 발하고 있는 것이다

그리스는 1981년에 정교 국가로서는 처음으로 열 번째 회원국으로 유럽연합에 가입했다. 영국 외무장관은 다음과 같은 말로 그리스의 유럽연합 가입을 축하했다. "유럽은 3,000년 전부터 그리스의 문화 유

산에 빚을 지고 있는데 이제 그 빚을 갚게 되었다." 새롭게 출발한 그리스는 이제 선진 유럽에 통합되는 과정을 밟고 있다. 현재의 그리스가 결코 선진 사회라고 할 수는 없다. OECD 국가 중에서 가장 교통사고가 많은 나라가 그리스와 우리나라다. 우리가 선진화를 위하여 몸부림치고 있는 것과 같이 그리스도 빠른 속도로 변해 가고 있다. 너무나 외세의 지배 아래 있었던 오랜 과거를 청산하고 자기의 모습을 되찾아 가고 있는 것이다. 유럽이라는 말은 동방에서 온 공주 에우로파 신화에서 유래한 것이다. 새로운 유럽의 화폐 "유로"에서도 그리스어의 흔적을 볼 수 있다.

동쪽으로 러시아에서는 그리스로부터 문자와 종교가 전해졌다. 동서 냉전이 종식된 후 동유럽은 빠르게 유럽의 일부가 되어 가고 있다. 통합된 유럽의 영향은 지중해를 건너 북아프리카와 석유 자원의 보고 중동 지역으로도 그 영향이 확대되고 있다. 그리스는 오랜 역사를 통해 인류 문명의 교류지 역할을 하면서 찬란한 문명을 창조해 냈다. 지금도 그리스는 서유럽 문명과 이슬람 문명의 경계에 위치한다. 그래서 그리스 사람들은 문명의 충돌이 아닌 문명 간의 대화를 주장하고 있는지도 모른다.

나는 그리스와 우리나라와의 많은 공통점을 설명한 바 있다. 그리스는 우리와 유사한 점이 많은 나라일 뿐만 아니고 우리에게 매우 고마운 나라다. 한국전에 참전하여 우리의 자유를 지켜 주기도 했지만 연간 16억 달러에 달하는 우리 상품을 사 주고 있다. 그리스로부터 우리의 수입은 4000만 달러에 불과하다. 산업이 빈약한 그리스는 관광 수입에 의존하고 있다. 그리스는 무역 역조의 시정을 위하여 더 많은 우리 관광객이 그리스를 방문해 주기를 희망하고 있다. 우리가 해외 관광을 계획하면서 이러한 점도 한 번쯤 생각해 볼 필요가 있지 않을까?

마지막으로 그리스와 우리의 공통점을 한 가지만 더 애기해 보겠다. 나는 그리스에 도착한 후 그리스 사람들이 전화를 받을 때면 한국 사람으로 착각할 때가 있었다. "네, 네"라는 말을 연발하기 때문이었다. 유럽의 언어에서는 N으로 시작하는 것은 부정을 뜻한다. 영어, 이탈리아어, 스페인어의 "노no", 독일어의 "나인nein", 프랑스어의 "농non", 러시아어의 "니엣net"이 그렇다. 유독 그리스에서만은 "네nai"가 우리와 같다. 우리의 "네"인 것이다. 한국과 그리스는 긍정의 단어를 같이하고 있는 것이다. 나는 그리스 친구들과 이야기할 때 동양에서 새로운 출발을 다짐하는 한국과 서양에서 새로운 출발을 다짐하는 그리스 모두가 같은 단어로 긍정을 표현한다는 점이 최대의 공통점이라고 말하여 같이 웃은 적이 여러 번 있었다. 우리 두 나라의 미래가 긍정적이기를 바랄 뿐이다.

5부

다시 만난 제우스

다시 만난 제우스

올림포스 신들을 몰아낸 니오베의 한

제우스와 테베의 공주 안티오페 사이에서 암피온이 태어났다. 처녀의 몸으로 아이를 낳은 안티오페는 많은 고초를 겪지만, 암피온은 결국 테베의 왕이 되었다. 암피온 왕은 니오베를 왕비로 맞고 일곱 명의 아들과 일곱 명의 딸을 낳아 행복한 가정을 이루었다.

니오베는 왕의 극진한 사랑을 독차지하고 있었다. 열네 명의 아이들은 모두 훌륭히 자랐고 어디 한 점 나무랄 데가 없었다. 니오베에게는 이러한 아이들 모두가 너무나 자랑스러웠다. 그녀는 이 세상에서 부러울 것이 하나도 없었다. 자신의 행복에 도취한 니오베가 어느 날 "나는 세상에서 가장 행복한 여자야. 어떠한 신도 나만큼 행복하지는 못할 거야."라면서 자신의 행복을 신과 비교하였다.

"왕비님, 말씀을 조심하세요. 신의 노여움을 살까 두렵습니다. 제일 행복한 여자는 아폴론과 아르테미스의 어머니 레토 여신이라고 하지 않습니까?" 몸종이 조심스럽게 주의를 주었다. 그러나 제우스의 아들인 왕의 극진한 사랑을 받으며 열네 명의 훌륭한 자식을 둔 왕비는 서슴지 않고 자기보다 더 행복한 여자는 땅에도 하늘에도 없다고 단언했다. 이러한 니오베의 자만은 마침내 레토의 화를 자초했다. 레토는 테베에 예언자를 보내어 모든 어머니들은 가장 행복한 어머니인 자신에게 제물을 바치도록 했다. 제물을 바치지 않으면 상상할 수 없는 화를 입으리라는 경고도 했다. 모든 어머니들이 예언자의 말에 따랐으나 자신이 가장 행복한 여자라고 자부해 온 니오베는 자존심을 지키기 위해 제물을 바치지 않았다. 이에 화가 난 레토는 아폴론와 아르테미스를 불러 신을 두려워하지 않는 니오베를 철저히 벌하도록 하였다. "어머니, 걱정하지 마십시오. 어느 인간도 어머니를 모욕하지 못하도록 하겠습니다." 이렇게 말하고 아폴론과 아르테미스는 활을 들쳐 메고 테베로 향했다.

테베에는 마침 체육 대회가 열리고 있었다. 니오베의 일곱 아들들이 군중의 환호 속에 연전연승을 거두고 있었다. 아폴론은 화살을 뽑아 하나씩 명중시켜 나갔다. 일곱 아들이 차례로 땅바닥에 쓰러졌다. 축제는 순식간에 비극의 현장이 되었다. 니오베의 일곱 딸들이 이 시체를 끌어안고 통곡하기 시작했다. 니오베는 레토의 보복임을 직감했다. 슬픔과 고통이 밀려왔지만 마음속에서는 자존심을 지키느냐, 신에 굴복하느냐의 갈림길에서 갈등하고 있었다. 마침내 니오베가 자리

아폴론과 아르테미스 남매

아폴론과 아르테미스는 제우스와 레토 사이에 태어난 쌍둥이 남매다. 아폴론은 예지의 신으로 신탁을 통해 제우스의 뜻을 전하고 미래를 보여 주기 때문에 고대 그리스에서 사실상 가장 널리 숭배되는 영향력 있는 신이다. 아르테미스는 "모든 동물의 여주인"이며 사냥의 신이다. (기원전 525년)

에서 일어나서는 하늘을 향해 외쳤다. "레토여, 당신은 이 엄청난 범죄 현장을 즐기고 있을지 모르지만, 이것은 당신의 승리가 아님을 명심하라."

그러자 아르테미스는 화살을 뽑아 딸들을 향해 쏘기 시작했다. 여섯 딸이 아들의 시체 위에 차례로 쓰러졌다. 그리고 아폴론의 화살은 암피온 왕을 향했다. 그 순간 니오베의 자존심도 무너져 내렸다. 니오베는 무릎을 꿇었다. "전능하신 레토여, 저의 무례함을 용서해 주세요. 마지막 남은 딸 하나만이라도 구해 주세요. 제가 지은 죄이니 저를 죽여 주세요." 니오베는 마지막 딸아이 하나를 끌어안고 간청했다. 그러나 레토의 화는 여기서 진정되지 않았다. 아르테미스의 마지막 화살이 니오베가 안고 있는 딸의 가슴을 향했다. 니오베는 할 말을 잃었다. 꼼짝없이 서서 한없이 눈물만 흘릴 뿐이었다. 니오베의 귓전에는 레토의 마지막 말이 들려왔다. "모든 테베 사람들은 들어라, 너희들은 전능한 신들의 힘을 알게 될 것이다. 니오베의 자식들을 묻어 주지 마라. 그들은 새들의 먹이가 되리라." 레토의 명령은 계속해서 반복되었다.

니오베는 더 이상 참을 수가 없었다. 슬픔을 견디지 못한 니오베는 검은 돌로 변하였다. 이 돌은 점점 커지더니 테베의 한가운데에 우뚝 섰다. 그리고 니오베의 바위에서는 눈물이 끈임없이 흘러 내렸다. 그리하여 이 바위는 신들의 가혹함과 부정에 저항하는 상징이 되었다.

한편 니오베의 마지막 절규를 전해 들은 신들 가운데는 자성의 목소리가 생겼다. 즉 인간을 엄하게 보복하여 신의 힘을 과시하는 것이 신에게 진정한 승리가 아니며 오히려 수치스러운 패배라는 자각이었다. 신들은 모든 사람들이 잠든 사이에 아무도 모르게 자신들의 손으로 직접 시체를 묻어 주었다. 그리고 니오베의 바위를 아무도 볼 수 없도록 멀리 치워 버렸다고 한다. 그러나 사람들은 니오베의 바위를 잊지 않았으며 니오베의 이야기는 계속 퍼져 나갔다. 어디인지는 알 수 없으나 니오베의 바위에서는 신의 횡포를 비난하는 외침은 계속 들려왔다. 그리하여 신들은 올림포스를 떠나게 되었다고 한다. 여자의 한이 신을 몰아낸 것이었다.

정의는 무엇이며 부정은 무엇인가? 그것은 우리 인간이 판단할 것이다. 우리는 더 이상 신의 이름으로 행해지는 부정을 용서하지 않을 것이다. 올림포스 산 위에 있다던 신들은 어디로 갔을까? 텅 빈 올림포스 산속에는 공허한 바람 소리만 들릴 뿐이다.

제우스가 떠난 올림포스

제우스를 비롯하여 신들이 살았다는 올림포스 산에 가 보고 싶었다. 사람들은 올림포스 산에 대해 별로 볼 것이 없다고 그렇게 권하지 않았다. 그리스 사람들은 바다를 좋아하고 산을 찾는 사람은 그리 많지 않다. 그러나 나는 고대 그리스 사람들이 그렇게 신성시하였던 올림포스 산을 꼭 보고 싶었다.

뾰죽뾰죽한 거대한 바위로 구성된 올림포스 산은 그리스에서 제일 높은 산이다. 우리나라 설악산의 확대판이라고 할 수 있을 것 같다. 해발 2,600미터가 넘는 봉우리가 아홉 개가 있고 최고봉은 2,917미터에 달한다. 1913년 스위스 등반가가 최초로 정상에 오른 것으로 기록되어 있다. 정상은 늘 그렇듯 구름 속에 가려 있었다. 정상에 오르지는 못했지만 멀리서 바라볼 수는 있었다. 안개 같은 구름 너머로 정상을 머릿속에 그릴 뿐 신들이 머문 흔적은 아무 곳에서도 찾아볼 수 없었다. 우리나라의 산과 흡사하여 친근감이 들었다. 지금은 산속까지 도로가 뚫려 쉽게 접근이 가능하지만 계곡이 깊고 바위절벽이 많아 고대 사람들의 접근은 매우 어려웠을 것 같다. 나는 미국과 캐나다에 근무하던 시절에 로키 산맥을 구경한 적이 있었고 방글라데시에 근무하던 때는 네팔에 들려 히말라야 산맥을 볼 수 있었는데 그런 산들에 비하면 그저 평화로운 평범한 산 중의 하나였다. 세계 곳곳에 퍼져 있는 그 많은 산들 가운데 유독 이곳에서 지금도 우리가 읽고 있는 신화 이야기가 나왔다니 허망한 생각마저 들었다. 산은 어디에도 있지만 그 산을 바라보는 사람들이 달랐을 뿐이다. 그것이 인간의 상상력이고 창조 정신인 것이다.

소인배들은 사람에 대하여 이야기하며 보통 사람들은 사건에 관하여 이야기하지만 위대한 사람들은 아이디어에 관하여 이야기한다는 말이 있다. 아이디어는 상상력에서 나오는 것이다. 상상력이 있는 곳에 창조가 있으며 발전이 있게 마련이다.

5세기에 들어서 기독교의 영향력은 절대적이었다. 그리스 사람들은 기독교 중에서도 정교를 믿고 있는데 그 수가 국민의 98퍼센트에 이르다 보니 그리스정교회는 국교나 마찬가지다. 세례를 받지 않으면 이름도 지을 수 없고 학교에도 다닐 수 없다고 한다. 다른 종교의 선교 활동이 금지되어 있을 정도다. 오랫동안 오스만 터키의 이슬람 지배 아래에서도 민족의 정통성을 이어 오면서 오늘날의 독립을 지킨 데에도 그리스정교의 역할이 컸다. 바다와 하늘을 상징하는 그리스 국기에도 십자가가 들어 있다. 그리스에서는 어느 행사에서도 맨 먼저 종교 의식을 갖는데 너무 장황하여 행사의 성격을 착각할 정도다.

그리스에서는 아이가 출생하면 교회에서 이름을 지어 주고 세례식을 갖는다. 나는 이러한 세례식에 초청되어 참석한 적이 있는데 정말 큰 행사였다. 일생에서 가장 큰 행사가 세례식과 결혼식이라고 한다. 그리스 사람들은 생일보다도 이름의 날을 훨씬 더 귀하게 생각한다. 그래서 이름의 날에 전화를 걸어 축하해 주면 친해질 수 있다. 1년 365일 매일이 특정한 이름의 날이다. 예를 들어 1월 1일은 바실리우스의 날이며, 니콜라오스라는 이름을 가진 사람은 니콜라우스의 날인 12월 6일에 축하해 주는 것이다. 이렇게 교회에서 지어 준 이름을 중시해서 할아버지는 자기의 이름을 손자에게 물려주고 할머니는 외손녀에게 이름을 물려주는 것이 관례다. 내 이름은 곧바로 손자의 이름이 되는 것이다. 같은 이름이 유달리 많은 것도 이러한 탓이다. 그래서 공식적으로는 "누구의 아들 누구"로 통한다. 은행 구좌를 열 때도 아버지의 이름을 묻는 것이었다. 수표책에도 아버지의 이름이 명시되어 있다. 나는 난생처음으로 "누구의 아들 누구"로 등록되었다.

올림포스 산에서 그리 멀리 떨어지지 않은 곳에 아토스 산이 있다. 면적은 우리의 면 두세 개를 합쳐 놓은 정도인데 중세부터 유래하는 스물두 개의 수도원만 있을 뿐이다. 이곳에는 성모 마리아의 성령이 있다고 하여 지금도 여자들은 입장이 금지되어 있다. 남자들도 특별히 허가를 받지 않으면 입장이 금지된 성역이다. 심지어 동물도 암컷은 들어갈 수 없다. 그리스가 유럽연합에 가입할 당시 이곳의 성차별이 문제된 일이 있다고 한다. 결국 특별한 전통을 이유로 그 관행이 인정은 되었지만 지금도 여성 단체들로부터 반발의 대상이다. 나는 아내와 함께 배를 타고 아토스 산을 멀리서 바라만 보아야 했다. 군데군데 산속에 수도원이 보일 뿐이었다.

그리스가 유럽연합에 가입한 이후 유럽에 통용되는 정치와 종교의 분리 원칙에 따라 종교의 정치적 역할이 점차 줄고 있는 것이 사실이지만 아직까지도 출생 신고, 결혼 신고 등이 교회를 통해 이루어지고 있을 정도로 그 영향력은 매우 크다. 이와 같이 그리스에서는 정교의 영향력이 거의 절대적이다시피 하다. 1,500년이 넘는 기독교의 절대적인 영향 아래에서도 제우스를 비롯한 올림포스 신들의 이야기가 그대로 전해져 내려오고 있는 것은 참으로 놀라운 일이다. 델포이를 버리고 올림픽을 금지시킨 그 막강한 중세의 기독교도 올림포스 신들의 생명력을 없애지는 못했다. 그 뿌리가 너무나 깊이 박혀 있는지도 모른다. 지금도 어디를 가나 올림포스 신들의 이야기를 들어야 한다. 그

고대 그리스 비석

고대 그리스의 비석에는 죽은 자와 산 자가 이별하는 장면을 묘사한 것이 많다. 앉아 있는 사람이 무덤의 주인이다. 고대 그리스인들은 죽은 후의 영혼을 믿었다. (기원전 4세기)

리스 신화와 신화에 얽힌 고대 그리스 문화의 생명력은 어디서 나오
는 것일까? 비록 올림포스 산은 지금 텅 비어 있으나 이 산에 얽힌 신
들의 이야기는 아마도 인류가 살아 있는 한 계속될지도 모른다. 신들
은 사라지고 인간이 꾸며낸 이야기만 남게 되는 것일까? 아니 처음부
터 신들은 없었고 인간의 상상력만 있었는지도 모른다.

고전은 지혜의 원천이다

나폴레옹이 유럽을 휩쓸던 혁명과 혼란의 시기였다. 어려운 시기가
되면 신을 찾는 것이 인간의 본성이다. 한치 앞을 내다볼 수 없는 어
둠 속에서 무엇이 올바른 길인지 혼란에 빠진 한 대학생이 제우스에
게 기도했다. 이 학생의 간구가 어찌나 간절했던지 제우스가 그를 만
나 주었다. 신들의 궁전은 인간 세계와 달리 너무나 평화로웠으나 화
려하지는 않았다. 제우스는 의자에 편히 앉아 헤라와 함께 아폴론이
연주하는 아름다운 음악을 듣고 있었다. 멀리서 헤파이스토스가 일하
는 망치 소리가 한가롭게 들려왔다. 아프로디테는 아폴론의 연주에
맞추어 우아한 춤을 추고 있었다.

"왜 나를 찾았지?" 제우스가 먼저 입을 열었다.

"지금 세상이 너무나 혼란스럽습니다. 우리 인간 사회에 평화를 주
십시오. 그리고 어떻게 살아야 하는지 가르쳐 주십시오." 학생이 간청
했다.

"무엇이 그리 혼란스럽단 말이냐?" 제우스가 물었다.

진흙으로 만든 잠자는 에로스

사랑과 미의 여신 아프로디테의 아들 에로스는 화살을 가지고 다니면서 사람들을 사랑에 빠뜨리는 작은 악동이다. 에로스의 화살은 트로이 전쟁을 야기하기도 하고, 파이드라를 부도덕한 사랑에 빠뜨리기도 한다. 이처럼 에로스의 격정적인 사랑은 때로는 파괴와 죽음을 초래했다.

"지금 나폴레옹의 등장으로 인간 사회에는 끊임 없는 전쟁과 대혁명이 일어나고 있습니다. 전능하신 제우스께서는 이 모든 것이 무슨 의미인지를 알고 계시지 않습니까?" 학생이 대답했다.

"조금 전에 온 사람은 알렉산드로스가 세상을 시끄럽게 한다고 하던데 나폴레옹은 또 누구지? 처음 듣는 이름인데." 제우스가 물었다. 알렉산드로스는 2,000년 전 사람인데 조금 전이라니…… 영원한 신들의 세계에서는 수천 년도 그저 조금 전에 불과한 것이었다.

"알렉산드로스가 죽은 지 2,000년이 지났습니다. 지금 세상에서는 나폴레옹을 모르는 사람이 없는데 처음 듣는 이름이라고 하셨습니까? 어찌 인간 세계에 이다지도 무관심하실 수가 있습니까? 전능하신 제우스 신이여, 우리 불쌍한 인간들을 도와주십시오."

"요즈음 인간들은 나를 잘 찾지 않는다네. 그래서 나는 이렇게 평화를 즐길 수 있게 되었지." 제우스는 말을 이었다. "내가 인간들에게 자유를 주지 않았던가? 신이 인간에게 행복을 줄 수는 없다네. 행복을 추구할 자유를 줄 수 있을 뿐이야. 그리고 스스로 살아갈 수 있도록 지혜를 주었다는 것을 벌써 잊었다는 말이냐? 나는 이미 인간에게 해

제우스는 기후를 관장하는 신이며, 벼락이 제우스의 무기다. 예술 작품에서 제우스는 턱수염이 난 얼굴에 건장하고 키가 큰 인물로 묘사된다. 그리고 제우스의 상징물은 독수리와 번개다. 제우스는 최고신이기 때문에 그리스 어디에서나 제우스를 섬겼다. 그러나 그 보편성 때문에 아테나나 헤라처럼 각 지방의 수호신보다 오히려 영향력은 적었다. (올림피아에서 발견된 청동상. 기원전 480년경)

줄 수 있는 모든 것을 다 해 주었네. 인간들은 너무 의타심이 많은 것이 탈이야. 내가 자유를 주고 나니 또 다른 신들을 만들어 의지하려고만 하지 않는가?"

"우리 인간은 너무나 연약합니다. 저 또한 혼자 힘으로 살아가기에는 너무나 모르는 것이 많습니다. 인간은 자신의 운명을 모르고 살고 있습니다. 무엇이 올바른 길인지도 판단하기 어렵습니다. 전능하신 제우스 신이여. 불쌍히 여기시어 저희들을 버리지 마시고 보살펴 주십시오." 학생이 계속하여 간청했다.

"운명 같은 것은 없네. 인간이 자신의 불행을 신의 탓으로 돌리는 것은 어리석음 때문이야. 모르는 것이 많다는 것을 깨닫는 게 바로 지혜라네. 자네는 참으로 지혜로운 학생이로군. 그러나 나는 더 이상 자네에게 가르쳐 줄 것이 없다네. 나는 얼마 전에 모든 것을 인간들에게 가르쳐 주었어. 같은 말을 반복하지 않는 것이 신들의 법칙이라는 것을 명심하게. 그들로부터 배우게나." 이렇게 말하고 제우스는 지긋이 눈을 감았다. "아 참, 그리고 인간들은 아직도 나를 바람둥이라고 하는가?" 제우스가 웃으며 물었다.

"그런 이야기를 들은 기억이 있습니다만……." 학생이 말끝을 흐렸다.

"인간들은 이야기도 잘 꾸며낸단 말이야, 난 인간 세계에는 한 번도 내려가 본 적도 없는데. 아폴론과 아테나가 인간을 도와주어야 한다고 해서 그러라고 한 적은 있지." 제우스는 대수롭지 않다는 듯 말했다. 인간 세상사에 별로 관심이 없어 보였다.

한동안 침묵이 흘렀다.

“올바른 길을 찾아 열심히 살게나.” 제우스가 작별 인사 하듯 말하였다.

“그 올바른 길을 가르쳐 주십시오.” 학생이 계속 간청하였다.

“이미 다 가르쳐 주었다니까! 인간의 불행은 운명 때문이 아니라 분별 없는 행동이 가져오는 것임을 명심하게.” 제우스가 말끝을 흐리며 눈을 감고 다시 음악을 듣기 시작했다.

이 학생은 이렇게 제우스와 헤어졌다. 나폴레옹 전쟁은 계속되었고 혁명도 계속되었으나 이 학생은 더 이상 불안하지 않았다. 방황하지도 않았다. 그리고 제우스가 얼마 전이라고 말했던 2,000년 전의 고전을 읽기 시작했다. 고전은 우리에게 새로운 지혜를 준다. 고전은 결코 낡은 것이 아니다. 노벨 문학상을 수상한 시인 T. S. 엘리엇의 시 한 구절이 생각난다.

우리는 탐구를 멈추지 않을 것이다.

그리고 그 모든 탐구의 끝은

우리가 출발한 곳에 도달하는 것이다.

그러나 그곳은 우리가 처음으로 발견하는 곳.

파도처럼 밀려온 자유의 물결

나폴레옹 혁명을 전후하여 고대 그리스의 사상과 민주주의에 대한 관심이 부쩍 커졌다. 수많은 사상가가 배출되었고 종교에도 커다란 변화가 있었다. 산업도 발전하여 인류의 생활이 급속도로 향상되었다. 자유사상과 합리주의, 그리고 여기에 바탕을 둔 비판 정신으로 상징되는 고대 그리스의 사상과 문화는 로마에 계승되었고 중세에는 기독교 문화와 융합하였다가 14세기 이후 르네상스라는 문예부흥 운동으로 부활하였다. 중세의 신 중심의 세계관은 인간 중심의 새로운 세계관으로 대체되기 시작했다.

영국에서는 일찍이 의회 민주주의가 싹트고 있었다. 왕과 의회의 권력 다툼은 17세기에 이르러 의회의 승리로 끝났다. 영국의 의회는 남자를 여자로 바꾸는 것 이외에는 모든 것이 가능하다는 말이 있을 정도로 권력의 최고 지위를 확립했다. 18세기에 대두한 계몽주의는 인간의 이성을 신뢰하고 이성에 의한 인류의 진보를 주장하였다. 무지와 미신을 타파하고 이성에 어긋나는 제도와 관습을 개혁할 것을 주장하기 시작했다. 프랑스 철학자 장 자크 루소는 직접 민주주의의 실시를 요구하기도 하였고 스코틀랜드의 경제학자 애덤 스미스는 개인의 자유가 곧 자연의 법칙이라고 선언하여 시민 민주주의 시대를 예비하였다.

18세기 후반부터 19세기 초에 걸쳐 유럽과 미국은 밀물같이 밀려오는 혁명의 시기를 맞이하였다. 1776년 미국은 독립을 선언하고 독립선

언문을 채택하였다. "모든 사람은 나면서부터 평등하고 조물주는 인간에게 몇 가지 양도할 수 없는 권리를 부여하였으며 그 권리 중에는 생명과 자유와 행복의 추구가 있다는 것은 자명한 진리다. 이 권리를 확보하기 위하여 인류는 정부를 조직하였고 정부의 정당한 권력은 피치자의 동의로부터 나온다."

절대 왕정 아래에서 귀족과 고위 성직자들의 사치와 부패에 분개한 프랑스 시민들은 1789년 혁명을 일으켜 구제도를 청산하였다. 프랑스 국민의회는 인간은 자유롭고 평등하게 태어났으며 모든 주권은 국민에게 있다고 선언하였다. 이 혁명의 혼란기에 나폴레옹이 등장했다. 나폴레옹은 유럽 전체를 뒤흔들었다. 자유, 평등, 박애로 상징되는 프랑스 혁명의 정신은 유럽 전 지역으로 확산되었다. 억압된 시민은 자유를 요구하였고 피압박 소수 민족은 독립을 요구하였다. 1814년 나폴레옹이 실각한 후 유럽의 보수주의 지도자들은 혁명 사상의 불씨를 없애기 위하여 엄격한 검열과 비밀 경찰로 탄압하기 시작하였다. 왕권은 회복되었고 귀족과 성직자들도 일부 특권을 회복하였다.

이와 같이 보수주의자들의 반격으로 자유가 탄압받던 시기에 다시 한번 자유주의에 불을 지핀 것이 바로 그리스의 독립 전쟁이다. 프랑스 혁명의 영향을 받은 그리스의 자유주의자들이 오스만 터키에 대항하여 1821년 독립 전쟁을 주도한 것이다. 유럽의 지식인들에게 자유와 민주주의의 발생지 그리스는 마음의 고향이었다. 열정적인 지식인들은 그리스 독립을 위해 의용군으로 참전하기도 하였다. 그리스 독립 전쟁에 참여하였던 영국 시인 바이런의 죽음은 비록 병사한 것이었지만 그리스의 독립 운동에 대한 미국과 유럽의 관심을 불러일으키기에 충분했다.

이와 같이 자유의 물결이 파도같이 밀려오던 초기에는 민족주의는 자유주의와 동반 관계에 있었다. 그러나 민족주의가 열기를 더해 가던 19세기 말에 이르러 민족주의와 자유주의의 관계가 순탄하지만은 않다는 것이 드러나기 시작했다. 민족을 위해 개인의 자유를 포기하고 희생하는 것을 미덕으로 생각하기에 이르렀던 것이다. 당시 민족의 영광을 주도할 지배 집단이 독재 권력을 행사하는 것이 일반화되었다.

20세기에 들어와서도 자유 민주주의는 많은 시련을 겪어야만 했다. 자유는 불평등과 혼란의 원인으로 간주되기도 하였고 민주 정부는 연약한 정부로 인식되었다. 대중의 이름으로 전체주의 독재 정부가 들어서기 시작했다. 극단적 민족주의라고 할 수 있는 파시즘이 등장하여 세계를 전쟁터로 바꾸기도 하였다.

대중의 판단이 반드시 옳은 것은 아니라는 고대 그리스 사상가들의 경고가 새롭게 다가왔다. 진정한 민주주의를 위해서는 현명하고 훈련된 민중의 판단이 필요한다. 개인의 자유가 보장되고 건전한 비판이 허용되어야 하며 소수의 의견도 존중되어야 한다. 유럽인들은 20세기에 있었던 불행한 역사를 교훈 삼아 새로운 유럽을 창조해 나아가고 있는 것이다.

그 이후의 민주주의 발전에 대하여는 더 이상의 설명이 필요 없을 것이다. 오늘날 우리가 당연하게 생각하는 자유민주주의가 세계에 확산된 것은 그리 오래된 일이 아니다. 사실 우리나라가 진정 민주화된 것이 언제인지 생각해 보면 민주주의의 역사가 얼마나 짧았는지 알게 될 것이다. 그리고 그 민주주의를 달성하기 위해 얼마나 많은 희생이 있었고 많은 세월을 필요로 했었는지도 기억할 수 있을 것이다.

소련이 붕괴하고 나서 자유민주주의는 세계적으로 보편화되고 있다. 그리고 자유민주주의의 확산은 세계화를 촉진하였다. 그러나 아직도 세계 도처에는 민주주의가 무엇인지 잘 모르고 있는 사람들도 많다. 하루 벌어 하루 먹고 살기도 어려운 가난이 원인인 경우가 대부분이겠지만 독재 정권의 출현도 그 원인이다. 모든 사람들이 다 같이 자유를 누리고 자신의 운명을 스스로 결정할 수 있는 날은 과연 언제나 올 것인가? 오직 다가올 역사만이 그 운명을 보여 줄 수 있다.

다시 찾은 아고라

내가 처음 키프로스를 방문했을 때 한국산 자동차 판매업자를 만난 일이 있었다. 그는 코란도 지프를 제일 좋아한다고 하면서 "코란도"는 "한국은 해낼 수 있다."(Korea can do)의 약자라고 설명했다. 우리나라가 무엇이든 해낼 수 있는 나라로 인식되고 있는 것이 기분 좋았다.

사실 2차 세계대전 이후 우리나라는 세계에서 가장 모범적으로 발전한 나라다. 경제적으로 발전하였을 뿐만 아니라 정치적으로도 민주화를 이루었다. 세계 어디를 가나 한국 상품을 볼 수 있다. 그리스에서 발주하는 대형 선박은 대부분 한국 조선소에서 건조되고 있다. 그리스 자동차 시장의 10퍼센트 이상을 한국산 자동차가 차지하고 있다. 2004년 아테네 올림픽에 맞추어 개통되는 공항과 시내를 연결하는 전철에도 한국산 전동차가 공급된다. 아테네 올림픽 최대의 스폰서 중에도 우리나라의 삼성전자가 포함되어 있다. 국제 사회에서는 이와 같은 한국의 눈부신 발전을 "한강의 기적"이라고 부른다. 외교관의 위상은 자기 나라의 국력에 좌우되기 마련이다. 우리 외교관들의 위상과 입지가 현저하게 신장된 것은 우리 국력 신장의 덕택임은 말할 것도 없다. 우리 역사상 한강의 기적을 이룬 이때가 가장 자랑스러운 시기 중의 하나가 아닐까 생각되었다.

외교 모임에서도 가끔 이러한 한강의 기적이 화제에 오르곤 한다. 한국 사례에서 뭔가를 배우고자 하는 사람들은 어떻게 해서 한국의 기적적인 발전이 가능하였는지 그 원인을 묻곤 한다. 나는 이러한 질문을 기다렸다는 듯이 우리 민족의 근면성과 교육열 등 우수성을 설명하지만 나의 자랑 같은 설명에 감명을 받는 사람들은 그리 많지 않은 것 같았다. 동서고금을 막론하고 남의 자랑을 듣기 좋아하는 사람들은 많지 않은 모양이다. 어떤 사람은 한민족이 그렇게 우수한 사람들이라면 북한은 왜 그렇게 못사는가? 그들은 한민족이 아닌가? 하고 꼬집어 주는 사람도 있었다. "한국이 발전한 것은 국제 사회에서 줄을 잘 섰기 때문이오." 이렇게 지적하는 사람도 있었다. 세계대전 이후 세계는 미국과 유럽을 중심으로 한 자유 세계, 소련과 중국을 중심으로 한 공산권, 그리고 중립, 자주와 민족을 내세운 비동맹 노선으로 나뉘어 있을 때 우리가 자유의 노선을 선택한 것이 성공의 원인이라는 것이다.

우리의 발전이 어느 한 가지 이유로 가능했다고는 생각하지 않는다. 여러 가지 요인이 복합적으로 작용한 결과이다. 세계적으로 발전한 나라가 모두 자유민주주의 국가들이라는 것을 보면 자유는 우리에게 열심히 일할 의욕을 주고 창조력을 발휘하도록 하며 민주주의는 가장 현명한 결정을 내리도록 하는 것임에 틀림없다. 우리가 자유민주주의의 길을 선택한 것이 우리의 기적적인 발전을 가능하게 해 준 기반이었을 것이다. 우리가 자유의 길을 선택한 것이 얼마나 다행인지 모른다.

나는 1951년 한국전에 참전하여 전사한 마추가스 중위의 추모식에 초청된 일이 있었다. 우리의 자유와 민주주의를 지켜 내는 데 민주주의의 발상지 그리스의 역할이 있었다는 것은 나름대로 의미가 있다는 생각이 들었다. 마침 일요일이고 하여 초청에 응했다. 추모식은 아테네에서 자동차로 한 시간 가량 걸리는 할키다에서 열렸다. 할키다는 기원전 322년 아리스토텔레스가 생을 마친 곳이다. 아리스토텔레스는 현명한 소수의 결정보다는 대중의 집단적 결정이 더 올바르며 동시에 개인의 자유가 중요하다고 지적한 인물이다. 트로이 원정을 앞두고 연합군 함대가 집결했던 곳도 바로 이곳인데, 아가멤논 총사령관의 딸 이피게네이아가 희생된 곳이기도 하다. 사회 전체 이익을 위하여 개인의 이익이 희생된 현장인 것이다.

먼저 교회에서 추모식을 가진 후 참석자들을 위한 오찬이 있었다. 많은 한국전 참전용사들과 그곳 출신 국회의원을 비롯하여 대부분의 지방 유지들이 참석한 큰 행사였다. 오찬장 입구에는 20대 초반의 마추가스 중위의 사진이 걸려 있었다. 부모가 생존해 있던 때에는 부모의 슬픔이 너무 심하여 추모식을 갖지 못하였다고 한다. 부모가 돌아가시고 나서야 형제들이 모여 추모식을 마련하게 되었다는 설명을 듣고 나는 너무나 가슴이 아팠다. 꽃다운 나이에 이역만리 낯선 한국 땅에서 젊음을 바쳤으니 부모의 마음이 어떠했을지는 상상하기 어렵지 않았다. 나는 무슨 죄라도 지은 것 같은 느낌이 들었다. 이런 젊은이들의 희생이 모여 오늘날의 우리가 있음을 다시 한번 생각하였다.

나는 눈시울이 붉어지는 것을 참느라 무척이나 애를 써야만 했다. 나에게도 추모사를 할 기회가 주어졌다. "우리나라의 자유와 민주주의를 위하여 목숨을 바친 분에게 고맙다는 말 이외에 무슨 말을 할 수 있겠습니까? 저를 포함하여 여기 살아 있는 모든 분들도 머지않아 이 세상을 떠날 것이며 저세상에서 마추가스 중위를 다시 만나게 될 것입니다. 그러나 우리가 함께 싸워 지킨 자유와 민주주의는 영원히 이 세상에 남게 될 것입니다."

전쟁에 희생된 사람이 어디 마추가스 중위뿐인가? 역사의 고비 고비마다 수많은 사람들이 죽어 갔다. 한 사람 한 사람 사연을 들여다보면 한 많고 피 맺힌 이야기가 쌓이고 또 쌓일 것이다. 기원전 5세기 역사가 투키디데스는 전쟁의 참상을 기록하면서 "평화시에는 아들이 아버지를 묻어 주지만 전시에는 아버지가 아들을 묻게 된다."고 적고 있다. 역사는 그들이 왜 싸워야만 했고 또 어떻게 죽어 갔는지를 기억할 것이다.

나는 어느 한가한 주말을 이용하여 아고라를 찾았다. 오늘도 예외 없이 세계 각지에서 몰려든 관광객들이 떼를 지어 아크로폴리스로 향하는 모습이 보인다. 그저 높은 곳을 향하여 규모가 크고 웅장한 위풍에 매료되어 앞 다투어 올라가고 있는 것이었다. 그들은 무엇을 보고 무슨 생각을 하며 내려오게 될까? 아고라는 오늘따라 더욱 한산하였다. 철학자들이 모여 토론을 벌였다는 스토아의 돌 더미에 앉아 잠시 쉬었다. 다 무너져 내려 깨진 돌 사이에서 피어난 들꽃이 유난히도 아름답다. 무엇인가 나에게 말해 주려는 듯 미풍에 나부꼈다.

나는 지난 30년간의 외교관 생활 중에서 가장 견디기 어려웠던 것이 우리의 반민주적 조치에 대한 국제적 비판이었다. 유신 체제 아래에서 민주주의 지도자들이 탄압 받던 시절이 바로 엊그제 같았다. 국회에서는 야당 총재가 제명되기도 했고 언론은 철저히 통제되기도 했다. 민주화 운동을 반체제 운동으로 몰아붙이고 사형이 선고되기도 했다. 우리 정부가 국제적으로 비난받을 때 우리 외교관들이 해외에서 겪는 고충을 아는지 모르는지 권력의 앞잡이라는 눈총도 따가웠다.

나의 발길이 프닉스 언덕을 향했다. 텅 비어 있었다. 시원한 바람이

지나가면서 언덕을 오르며 흘린 땀을 식혀 주었다. 나는 프닉스 언덕에 앉아서 석양에 아름답게 물들어 있는 아크로폴리스를 바라보고 있었다. 이름 모를 들꽃들이 나부꼈다. 무슨 말을 하려는 걸까? 아테네 시민들이 모여 토론하는 모습이 떠올랐다. 멀리서 페리클레스의 웅변이 들려왔다.

"권력이 소수에 있는 것이 아니라 전체 시민에게 있기 때문에 우리 헌법을 민주주의라고 합니다. 개인 간의 분쟁을 해결하는 데 있어서 모두가 법 앞에 평등합니다. 공직을 선출하는 데 있어서 어느 계층에 속해 있느냐가 중요한 것이 아니라 능력이 중요합니다. 어느 누구도 가난을 이유로 정치적 권리를 행사할 수 없게 되어서는 안 됩니다."

아테네에 모여든 유럽 정상들

내가 그리스에 부임한 후 첫 번째 맞은 새해는 희망의 해였다. 국내에서는 월드컵 준비로 분주했겠지만 해외에서는 월드컵을 계기로 우리나라의 이미지를 한층 높여 보겠다는 의욕에 차 있었다. 체육계와 언론계 인사를 만나 월드컵 홍보를 준비하기 시작했다. 축구는 그리스에서 단연 최고 인기 있는 스포츠다. 월드컵에 대한 관심도 대단했다.

월드컵 기간 중에는 어디를 가나 축구가 화제였다. 다른 대사들과 그리스 친구들로부터 축하 전화가 끊이질 않았다. 교민들의 사기도 충천했다. 대사관에 모여 함께 응원하기도 하고 태극기를 휘날리며 시가를 행진하기도 하면서 기쁨을 발산했다.

월드컵의 흥분 속에서 맞은 여름은 마음만 바쁜 시기였다. 여수 세계박람회 유치로 동분서주하고 있었으나 막상 그리스나 키프로스 사람들을 만나기는 쉽지 않았다. 그리스에서 칠팔 월은 휴가철이라서 관공서도 개점휴업이나 마찬가지였다. 다른 유럽 국가들도 상황은 비슷하다. 많은 대사들은 아예 업무를 포기하고 자기들도 휴가를 떠나버리는 경우도 허다했다. 복잡하던 아테네 시내의 교통도 시골 마을처럼 한산했다. 휴가철이 끝나면서 기다렸다는 듯 우리는 다시 바쁘게 움직이기 시작했다. 본국으로부터 사절단도 많이 다녀갔다. 이와 같은 우리의 노력에도 불구하고 여수 박람회 유치는 성공하지 못했다. 국제 사회에서는 우리 마음대로 되지 않는 것이 많다는 것은 잘 알고는 있었지만 큰 노력에 비해 이룬 게 없게 되자 너무나 아쉽고 허탈한 연말이었다.

그해를 보내면서 마음은 다시 무거워지기 시작했다. 그리스가 2003년 상반기 유럽연합의 의장국을 맡게 되면서 아테네 외교단은 너 나 할 것 없이 동분서주하기 시작했기 때문이다. 모든 외교관들은 유럽연합을 대표하게 될 그리스 인사들과 친분을 쌓으면서 그리스의 준비 동향에 관한 정보를 얻기 위해 열을 올리고 있었다. 더욱이 북한 핵 문제가 중요한 국제 문제로 부상하면서 나의 발걸음도 바빠졌다.

그리스 사람들은 그리스가 의장국을 맡고 있는 동안 이라크 전쟁이 일어날까 걱정하고 있었다. 하필이면 그리스가 의장국을 맡게 되는 시기에 중동에 짙은 전운이 감돌고 있었기 때문이었다. 그리스 사람들은 만나는 사람마다 이라크에서 전쟁만 일어나지 않는다면 잘 해낼 수 있다고 자신감에 차 있었다.

유럽연합은 15개국으로 구성되어 있으나 이미 10개국이 더 가입하기로 합의되어 있었다. 이들 25개 유럽 국가들을 합치면 인구가 4억 6000만으로 3억의 미국보다 훨씬 많고 교역 규모도 미국보다 훨씬 크다. 그리고 GDP도 미국과 맞먹는다. 유엔 안보리 상임이사국에 영국과 프랑스가 이미 포함되어 있고 공동외교안보정책을 추구하면서 국제 사회에서의 영향력이 막강하다. 이러한 유럽연합을 대외적으로 대표하는 것이 의장국이다. 그리스는 결코 대국이라고 할 수 없겠지만 유럽연합을 대표하는 기간 중에는 그리스 수상이나 외무장관을 비롯하여 그리스 정부 각 부처의 국제적인 위상은 강대국 수준에 이를 것이다.

연초부터 세계적인 지도자들이 아테네로 모여들기 시작했다. 세계 무대에서 유럽연합을 대표하는 그리스 수상과 외무장관을 만나기 위한 것이었다. 그리스 수상과 외무장관은 세계 무대를 휩쓸고 다녔다. 국제 문제가 논의되는 곳에는 거의 예외 없이 그리스가 모습을 드러냈다. 비록 반년 단위로 교대하면서 누리게 되는 특권이지만 유럽연합의 회원국은 어느 나라나 이와 같이 국제 사회에서 강대국의 역할을 해볼 수 있는 기회를 얻는 것이다.

10개의 유럽 국가가 유럽 연합에 가입하게 되었다. 유럽연합은 이제 명실공히 유럽을 대표하게 되었고 이것은 역사적인 사건이 아닐 수 없다. 25개국 유럽 정상들은 2003년 4월 16일 아테네에 모여 유럽

아테나 파르테노스

기원전 438년에 조각가 페이디아스가 파르테논 신전에 바치기 위해 금과 상아로 만든 아테나 여신 상을 로마 시대에 본뜬 대리석 복제품이다. "파르테노스"는 "처녀신"이라는 뜻이며, 여기서 "파르 테논" 신전의 이름이 유래했다. 아테네의 수호신으로 전쟁과 이성의 여신이다.

연합 가입 조약 서명식을 가졌다. 소련이 붕괴된 이후 다시 자유를 찾게 된 동유럽 국가들이 대거 유럽연합에 가입하게 된 것이다. 이 정상 회담에는 앞으로 유럽연합에 가입하게 될 것으로 예상되는 발칸 국가들도 모두 초청되었다. 유럽은 전쟁으로 얼룩진 과거를 청산하고 자유를 바탕으로 평화와 번영을 이룩하게 된 것이다. 서양 문명의 발생지 아테네에서 유럽통합의 역사적 전환점이 마련되고 있었다. 이제 유럽에서 전쟁은 사라진 것 같다. 고대 그리스가 찬란한 문명을 이룩한 이래 세계 역사를 주도해 온 유럽은 다시 태어나서 새로운 역사를 창조하고 있는 것이다.

그리스 정부는 초비상이었다. 전 공무원이 밤 새워 열심히 일했다. 그렇게 놀기를 즐기는 그리스 사람들이지만 그리스가 유럽연합의 의장국 역할을 하는 동안은 일하느라 신바람이 난 것 같았다. 일이 많다거나 피로하다고 불평하는 사람을 만나 본 적도 없다. 누구든지 자기가 인정받을 때가 제일 즐거운 법이다. 성취에서 행복이 온다는 고대 그리스 사상가들의 주장이 새롭게 떠오른다.

아테네의 외교 현장은 그야말로 전쟁터였다. 한 사람이라도 더 만나서 더 많은 정보를 얻기 위해 전 외교관이 이리 뛰고 저리 뛰었다. 대부분의 큰 나라 대사관은 직원을 증원하여 대비했다. 휴양지나 관광지로 알려진 아테네가 잠시나마 국제 무대의 중심지가 되어 있었다.

처음 우려했던 대로 이라크에서 전쟁이 일어났지만 그리스는 의장국 역할을 성공적으로 마친 것으로 평가되었다. 그리고 고대 그리스

원반 던지는 사람

기원전 450년경 조각가 미론이 만든 청동상을 로마 시대에 본뜬 대리석 복제품이다. 미론은 운동하는 선수들의 동작을 연구한 것으로 유명하다. 일찍이 올림픽을 통해 스포츠를 평화와 연결시켰던 고대 그리스인들에게 신체는 정신만큼 중요한 가치를 지녔다.

문명이 로마로 전달되듯 의장국은 이탈리아로 넘어갔다. 앞으로 유럽 연합의 새 헌법이 마련되면 의장국 제도는 사라질 가능성이 많다고 한다. 의장국 임무를 성공적으로 마치고 나서 맞는 그리스 사람들의 여름 휴가는 특별했다. 만나는 사람마다 서로 축하하는 즐거운 분위기였다. 외교관들도 홀가분하게 휴가철을 맞았다.

그러나 모든 인생이 그렇듯 마음 놓고 쉴 수 있는 날은 많지 않다. 아테네 올림픽을 1년 앞둔 시점이었다. 1년 후에는 다시 한번 세계의 시선이 아테네로 집중될 것이니 그 준비를 서두르지 않을 수 없다. 올림픽을 시작한 데 대한 자부심이 대단한 그리스 사람들은 1896년 고대 올림픽이 아테네에서 부활된 이후 다시 아테네에서 개최되는 올림픽을 훌륭하게 마무리하고 싶어 한다.

아테네 올림픽 준비가 잘 안 된다고 걱정이 많다. 올림픽 규모가 워낙 커져서 그리스와 같이 작은 나라가 주최하기가 힘들어진 것도 사실이다. 올림픽 준비가 화제에 오르면 그리스 사람들은 올림픽이 본래의 정신을 망각하고 지나치게 상업화되었다고 불만이다. 그리스 사람들은 아테네 올림픽이 준비를 잘한 국제 경기라기보다는 평화와 협력이라는 올림픽 정신이 실현되기를 바라고 있다. 그래서 올림픽 휴전 운동에 열을 올리며 최초로 올림픽 성화가 세계를 일주하도록 하였고 "인간적 규모의 올림픽"이라는 슬로건을 내걸고 있다. 아직도 세계 도처에 갈등이 도사리고 있으며 전쟁은 계속되고 있다. 인간의 자유가 억압되는 한 이러한 갈등은 계속될 것이다. 우리가 아테네 올림

픽의 성공을 바라는 것은 고대 올림픽 정신에 따라 세계 평화가 이루
어지기를 바라는 간절한 마음 때문일 것이다.

인간 이성의 한계

독일의 문호 괴테는 "고대 그리스인들이 가장 아름다운 꿈을 꾼 사
람들"이라고 말했다. 3,000년이 지난 오늘날 고대 그리스인들의 꿈은
대부분 이루어지고 있는 것 같다. 미래는 꿈꾸는 자의 것이라는 말이
생각난다.

고대 그리스인들이 미신과 비합리적인 관습으로부터 인간을 해방
시키기 시작한 이래 자유와 이성에 입각한 합리주의와 비판 정신은
변화와 발전의 원동력이 되었다. 오늘날 자유를 누리면서 아무런 두
려움 없이 권력을 비판하고 민주주의에 참여하고 있는 사람은 누구나
그리스 문화 유산의 혜택을 보고 있는 셈이다.

고대 그리스 문명의 최대 유산은 파르테논 신전이나 올림피아의 스
타디움이 아니라 개인의 자유, 합리주의, 비판 정신과 같은 정신 문화
다. 이러한 정신 문화에 바탕을 둔 창조 정신은 과학의 발전을 통하여
인류 생활에 물질적 풍요를 가져온 원천이 되었다. 이것이 오늘날 세
계를 정복한 서양 문명의 뿌리라고 할 수 있다.

소련이 붕괴하기 시작할 때 자유주의자들은 축배를 들기 시작했다.
인류의 역사를 자유민주주의 실현을 향한 일관된 전진으로 해석한 프
랜시스 후쿠야마는 냉전 시대의 종말을 "역사의 종말"이라고까지 단

언했다. 자유를 위협하던 독재도 대부분 사라졌고 전체주의나 민족주의도 자유나 인권과 같은 인류 공동의 가치에 밀려나기 시작했다. 얼마 되지 않는 독재자들의 운명도 시간 문제처럼 보였다. 세계화는 바람이 아니라 태풍처럼 느껴졌다. 우리는 모두가 기원전 4세기에 자신은 세계 시민이라고 주장했던 디오게네스가 된 느낌이었다.

그러나 고대 그리스인들의 인생에 대한 비극적 견해는 이러한 순진함을 경고하고 있다. 고대 그리스인들은 인간의 이성을 신뢰하면서도 이성의 한계와 오만을 경고하고 있음을 잊어서는 안 된다.

테베의 공주 세멜레가 제우스의 아이를 임신했을 때 그녀는 제우스에게 신의 모습을 보여 달라고 간청했었다. 제우스가 벼락으로 무장된 신의 모습으로 나타났을 때 세멜레는 타 죽었고 제우스가 뱃속의 아기 디오니소스를 구해 낸 이야기는 이미 소개한 바 있다. 테베 사람들은 세멜레가 죄를 져서 그 벌로 벼락을 맞아 죽었다고 믿었다. 세멜레의 형제와 자매들까지도 그렇게 생각했다. 디오니소스는 어머니의 명예를 회복하고 어머니를 모독하는 사람들을 벌하기 위해 테베에 나타났다. 테베의 왕 펜테우스는 합리적이었으며 인간의 이성을 믿는 사람이었다. 미신이나 예언을 믿지 않은 펜테우스는 디오니소스를 잡아 가두었다. 디오니소스는 펜테우스 왕에게 경고하였다.

당신은 자신의 힘의 한계를 모르오.
당신은 무엇을 하고 있는지도 모르오.

아기 디오니소스를 안고 있는 헤르메스

프라시텔레스의 현존하는 유일한 작품. 기원전 340년경에 제작된 대리석상. 섬세한 모델링과 정교한 마무리가 특징인 프라시텔레스는 그리스의 가장 독창적인 조각가다. 디오니소스는 두 번 태어난 특이한 탄생 이력을 갖고 있으며, 어머니가 죽었기 때문에 헤르메스가 상상의 땅 니사로 데려갔다.

당신은 자신이 누구인지도 모르오.

결국 펜테우스는 테베 사람들에 의해 비참한 최후를 맞는다. 펜테우스의 어머니, 언니, 동생들이 디오니소스를 찬양하는 광란의 상태에서 이를 염탐하던 펜테우스를 무참히 죽여 버렸던 것이다. 펜테우스의 비극은 인간 이성의 한계와 오만함을 경고하는 것이다.

인간의 창조 정신과 과학의 발달은 인류의 발전에 많은 기여를 했지만 또한 인류를 파괴하는 데에도 엄청난 힘을 보였다. 만약 인간이 합리적인 동물이 아니라면 고대 그리스인들이 세운 등대는 인류를 파국적인 위험 속으로 몰아갈지도 모른다. 인종차별, 맹목적인 민족주의, 식민주의, 제국주의와 같이 서양 문명이 저지른 죄악이 이를 잘 설명해 주고 있다.

인간은 누구나 불완전하다. 이성의 한계를 보여 주는 부분이 너무나 많다. 추악하고 잔인한 모습을 보일 때도 있다. 천의 얼굴을 가진 것이 인간이다. 그래서 열 길 물 속은 알아도 한 길 사람 속은 모른다는 속담이 있다. 도저히 이해할 수 없는 일들이 수없이 일어난다.

담배가 몸에 해롭다는 것을 잘 알지만 담배를 끊을 수가 없다. 죽으면 필요없다는 재산을 모으기 위해 죽을 때까지 온갖 정열을 다 퍼붓는다. 군중에 휩싸이면 갑자기 나는 사라지고 전체가 나를 압도해 버린다. 군중은 폭도로 변하기도 한다. 우리는 자신이 어디서 와서 어디로 가는지도 모른다. 인간은 자신도 모르게 비이성의 노예가 될 수 있다는 것을 역사는 우리에게 보여 주고 있다.

서양 문명의 한 축이 고대 그리스 문화라면 또 다른 축은 기독교 문화다. 신에 대한 복종, 엄격한 양심 그리고 죄의식으로 상징되는 기독교 문화는 그동안 인간 이성의 오만함을 통제하는 역할을 수행했다. 기독교는 인간은 모두가 신 앞에 평등하다고 가르친다.

19세기 이후 다시 해방되기 시작한 인간 이성의 오만은 이제 누가 통제할 것인가? 이에 대한 답은 자유롭고 합리적으로 다시 태어난 인간으로부터 나와야 하지 않을까? 크레온을 향한 테베 시민의 함성이 새롭게 들려온다.

오! 이성이여,
너만이 행복을 가져다 줄 수 있다.
신의 법은 존중되어야 하고
신은 우리의 경건함을 요구한다.

아! 어리석은 자여
너의 완고함과 사악함으로
치료할 수 없는 깊은 상처를 내었구나
자신의 행동의 결과로 고통받을 때면
비로소 이성을 찾겠지,
아! 때는 이미 늦었구나.

나오는 말

 길거리에 산타크로스가 등장하고 크리스마스 캐럴이 울려 퍼지기 시작했다. 그리스에서 세 번째 맞는 연말이다. 이제 그리스 생활도 얼마 남지 않았구나 생각하니 아쉬운 생각도 들면서 또 한편으로는 가족과 친구들의 얼굴이 아른거리고 서울의 활기 찬 거리가 떠오르기 시작했다.

 2003년 12월 31일 아침, 해를 넘기면서 세월의 무상함을 생각하며 대사관에 도착해 보니 서울에서 온 전보가 기다리고 있었다. 그리스 정부에 후임자에 대한 아그레망agrément을 요청하라는 지시와 함께 나는 3월 귀국할 수 있도록 준비하라는 것이었다. 새 대사를 임명하기 위해 상대국 정부의 동의를 받는 절차가 시작된 것이다.

 새삼 그리스에 처음 부임하여 돌 더미뿐인 고대 유적에 실망했던 때가 떠올랐다. 잠시나마 그리스에 머무는 동안 현대 문명의 뿌리라고 하는 고대 그리스 문화를 이해하게 되었고 자유주의와 민주주의에 대해 다시 한번 생각해 볼 수 있는 기회를 가졌다는 것은 하나의 보람이다.

고등학교 시절 교훈 중의 하나가 "자유인"이었다. 나는 언제부터인가 역사란 인간이 자유를 추구한 과정이 아닌가 생각했다. 정치적 탄압, 경제적 궁핍, 종교의 구속, 전통과 관습의 굴레, 자연의 제약과 위협, 우리 인간의 자유를 구속하는 것은 하나둘이 아니다. 우리 인류의 역사는 이러한 구속과 제약으로부터 서서히 해방되어 온 과정이다. 그리고 앞으로도 이러한 과정은 끊임없이 계속될 것이다.

어느 사회든 역사 발전의 속도가 너무 느리다고 불만인 사람이 있는가 하면 변화의 속도가 너무 빠르다고 불만인 사람도 있기 마련이다. 단순한 구분일지 모르겠으나 더 빠른 변화를 원한다면 진보라 할 수 있겠고 좀 서서히 변화하기를 바란다면 보수라고 할 수 있다. 급작스러운 변화를 혁명이라고 한다면 자유를 억압하는 것은 반역사적이라고 할 수 있다.

귀국 준비를 서두르면서 조국이 점점 더 가까이 다가왔다. 해외에서 바라보는 조국의 문제는 늘 현실보다는 더 크게 느껴지기 마련이다. 남북으로 분단된 조국, 다시 지역 감정으로 나뉘고 지나칠 정도로 반목하는 갈등이 때로는 너무나 안타깝다.

민주주의는 분열과 갈등을 조화롭게 통합하는 과정이다. 민주 사회는 여러 의견이 공존하는 다양성의 사회다. 다양한 가운데 서로 존중하고 조화를 이루며 통합을 지향하는 것이다. 통합은 토론과 타협 없이는 이루어질 수 없는 것이다. 아테네 시민들이 자유를 즐기며 번영할 수 있도록 보호해 주고 조화의 미덕을 가르쳐 주던 아테나 여신이 가장 두려워한 것이 내부에 불화를 심는 에리스였다. 내부의 불화는 아테나 여신도 어찌할 수가 없었던 것이다. 그것은 아테네 시민 스스로 해결해야 하는 문제였다. 이러한 자각이 고대 아테네에서 활발한 토론의 문화와 민주주의를 발전시켰다.

멀리 이역만리 그리스에서 국민적 통합을 이룰 수 있는 타협과 포용이 요구되는 새로운 시대를 맞이한 한반도를 바라보니 기원전 431년 펠로폰네소스 전쟁 초기의 어려운 시기에 아테네 시민을 향한 페리클레스의 호소가 새롭게 다가온다.

우리는 개인 생활에서 자유롭고 관대하지만 공동 생활에서는 법을 지켜야 합니다. 모든 시민은 개인 생활뿐만 아니라 나라의 일에도 관심을 가져야 합니다. 우리는 정치에 관심이 없는 사람은 자기 개인 일에도 관심을 갖지 못하는 사람으로 생각합니다. 우리는 말과 행동이 다르지 않으며 충분한 토론 없이 성급하게 행동하는 것을 가장 나쁘다고 생각하기 때문에 모든 시민은 누구나 정책 결정에 참여해야 합니다.

아테네로 가는 길

1판 1쇄 펴냄 2004년 5월 15일
1판 2쇄 펴냄 2004년 7월 12일

지은이 | 한태규
펴낸이 | 박맹호
펴낸곳 | (주)민음사

출판등록 | 1966. 5. 19. 제16-490호
주소 | 서울 강남구 신사동 506 강남출판문화센터 5층 (135-887)
전화 | 대표전화 515-2000 팩시밀리 515-2007
홈페이지 | www.minumsa.com

ⓒ한태규, 2004. Printed in Seoul, Korea

값 15,000원

ISBN 89-374-2519-X 03920